燃えるような赤い髪をアップにまとめ、
英国ヴィクトリア時代のようなメイド服を身に纏っている。

切れ長の目は金色の輝きを放っていた。美人だけど、
どことなく人形のような雰囲気がある人だな……。

「ほお。その姿もなかなか似合うの、真紅」

「恐れ入ります。地球の使用人に合わせてみました」

「え⁉　真紅さん⁉」

VRMMOはウサギマフラーとともに。7

VRMMO with a rabbit scarf.

「なんだよ、あの阿修羅像の成り損ねみたいなのは……」
レイドバトル開始!!

「両《りょう》面《めん》宿《すく》儺《な》ですね。
飛騨地方などに伝えられる鬼神の一種です」
新エリアにてさっそく

ミニトマトの苗を【星降る島】の畑に植えて三日後、
見事にまんまるとした赤い実がなった。
「ではこのミニトマトを使って料理を作ってみましょう」
【料理】スキルを持つウェンディさんが
ミニトマトを使って石窯でピザを焼いてくれた。

VRMMOはウサギマフラーとともに。

VRMMO with a rabbit scarf.

7

冬原パトラ

Illustration はましん

口絵・本文イラスト　はましん

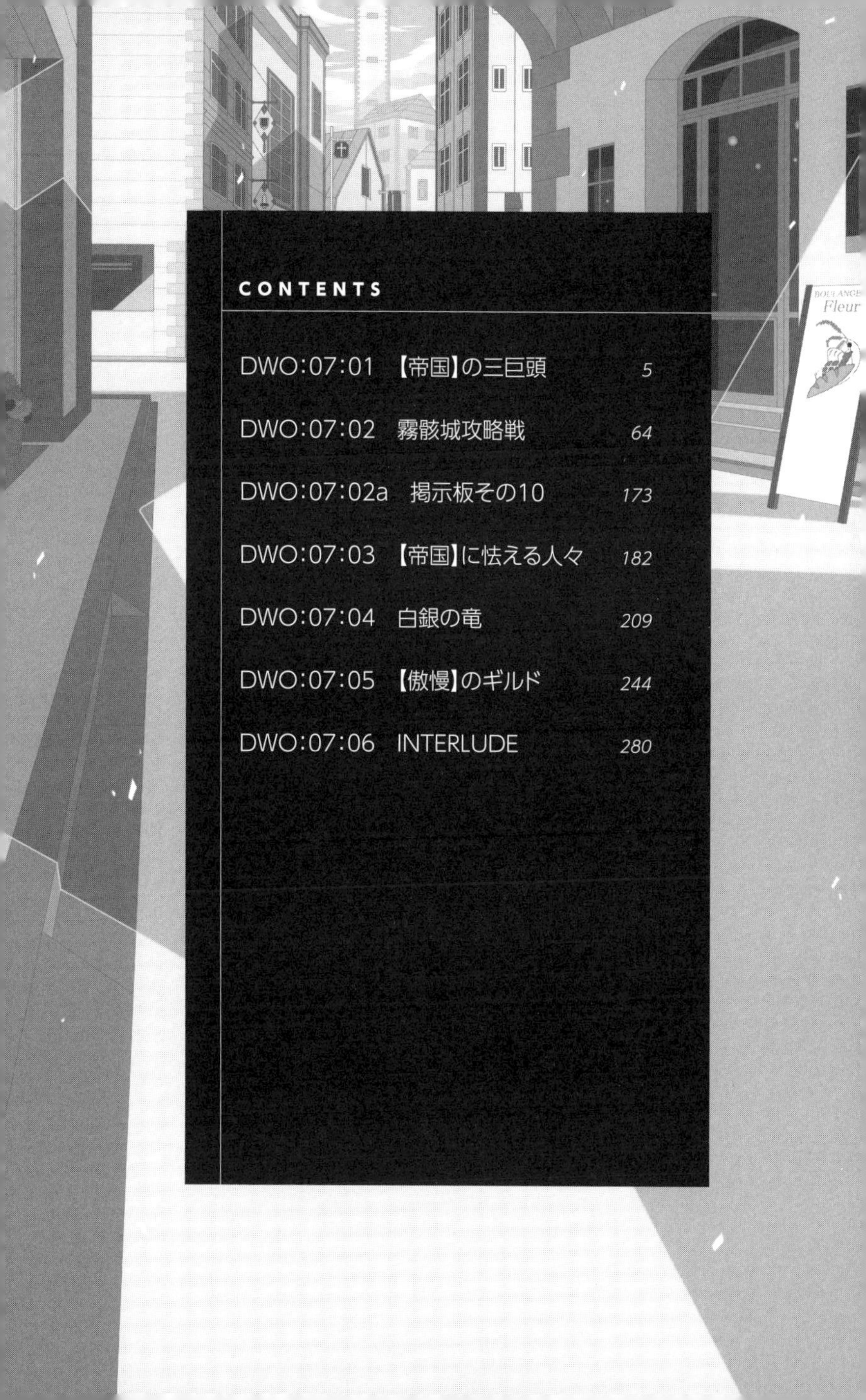

CONTENTS

DWO:07:01　【帝国】の三巨頭　5
DWO:07:02　霧骸城攻略戦　64
DWO:07:02a　掲示板その10　173
DWO:07:03　【帝国】に怯える人々　182
DWO:07:04　白銀の竜　209
DWO:07:05　【傲慢】のギルド　244
DWO:07:06　INTERLUDE　280

DWO:07:01 【帝国】の三巨頭

【Real World】

「【怠惰《たいだ》】の第五エリアはジパングか～。羨《うらや》ましいな～」

朝からずーっと遥花《はるか》のやつはこんな調子だ。よほど羨ましいらしい。登校して朝のHRホームルームが始まるまで、ずっとボヤいている。どんだけだよ。

「【傲慢《ごうまん》】の第五エリアはまだ解放されていないんだっけか？」

「ああ。第四エリアの大砂漠《だいさばく》にメガサンドクローラーって、でっかいミミズの親分みたいなレイドボスがいてな。こいつを今倒《たお》そうと躍起《やっき》になってる」

僕《ぼく》の質問に答えたのは教室の机で突《つ》っ伏《ぷ》してボヤいている遥花ではなく、その双子《ふたご》の兄の奏汰《かなた》であった。

「こいつがよ、砂に潜《もぐ》って隠《かく》れるもんだから攻撃《こうげき》が当たらなくてな。音に弱いってのはわかったから【錬金術師《アルケミスト》】に音響《おんきょう》弾《だん》を作ってもらってる」

音に弱いのか。地面に潜ったら音を頼《たよ》りに攻撃してくるのかな？

「【怠惰】の他にも第五エリアに行った領国があったよな？」

「ああ、【憤怒《ふんぬ》】な。向こうの第五エリアは密林《ジャングル》だったらしいけど。南米エリアってことなのかね？」

南米ねえ。こっちはジパング……というか東洋だけども。

「【傲慢】の第五エリアは『摩天楼《まてんろう》』とかならいいのにな〜」

「いや、さすがにそれはないだろ……」

机に突っ伏したままボヤく遥花に僕が突っ込《こ》む。摩天楼ってなんだよ。ニューヨークか？

エリアボスはキングコングか？

「リーゼ遅《おそ》いね。はっくん一緒《いっしょ》に登校しなかったの？」

「いや、今日は一人で来たけど」

もうじきHR《ホームルーム》が始まるというのにリーゼの姿がない。

リーゼと僕は家がお隣同士《となりどうし》だ。故に登校時間がまる被《かぶ》りなので、よく一緒に登校することがある。しかし、登校の約束をしているわけではないので、一緒に登校しない日もたまにある。主に僕が寝坊《ねぼう》したとか、ノドカとマドカを起こすのに手間取ったりしたときだが……。

今日も少し遅《おく》れたので、てっきりリーゼの方が先に登校したと思っていたのだが。

遅いな、と思っているうちにチャイムが鳴り、担任の石川先生が入ってきた。

「おらー、席につけー」

相変わらずやる気のなさそうな先生の声でみんなが自分の席に戻《もど》っていく。僕の隣《となり》のリーゼの席だけが空いたままだ。遅刻《ちこく》決定か。

「あー、そうそう。シュテルンさんは風邪《かぜ》のため今日はお休みだそうだ。みんなも気をつけてな」

僕の隣の空席を見て、思い出したように先生が口を開く。どうやらリーゼは遅刻じゃなく欠席らしい。

宇宙人でも風邪をひくことがあるんだなぁ、とぼんやり考えていたが、待てよ？　と以前リーゼに聞いた話を思い出した。

確か他の惑星《わくせい》に降りる時は、その星の様々な病気やウィルスに感染《かんせん》しないよう、スキンバリア的なものがあるとか言ってなかったか？

それにたとえ謎《なぞ》のウィルスに感染しても、転送装置を使えば、転送の際に余分な物を除去できるとかなんとか。

つまり、リーゼが風邪をひくなんてことはないわけで。

これはもしや、なにか【連合】のお仕事が入ったか？　変な宇宙人が下りてきてたりしないよね？

僕は幾《いく》ばくかの不安を抱《かか》えたまま、授業を受けることになった。

◇　◇　◇

一日の授業が終われば部活に入っていない僕は帰宅するだけである。帰り道に今日の夕飯を買って帰らないとな。

今日は何にするかな……。昨日はカレーだったから、今日はなにか魚でも買って……と、今日の夕飯のことをあれこれと考えながら帰り支度《じたく》をしていると、遥花と奏汰に声をかけられた。

「はっくん、リーゼのお見舞《みま》い行かない？」

「え？」

お見舞い？　リーゼの家にか？

「ほらリーゼって外国から伯父《おじ》さんちに来ているじゃない？　風邪ひいて心細くなってるんじゃないかなあーって」

「いや、リーゼの伯父さんも伯母《おば》さんも家にいるぞ？　寂《さび》しくはないだろ」

リーゼの伯父さんと伯母さん（ということになっている）は二人とも引退した大学教授だ。大学に赴《おもむ》くこともあるのかもしれないが、基本的には家にいる。風邪ひいた病人の世話くらいは普通《ふつう》にできるはずだし、そもそも病気じゃないと思うし。

僕の返しが気に入らなかったのか、遥花が睨《にら》んでくる。

「それでもお見舞いに行くのが友達ってもんでしょー。あ、もしかして面倒《めんどう》くさいとか思ってる？」

「いや、面倒もなにも家が隣だし……」

お前のことは面倒だと思っているが。

うーん、どうするかなあ。リーゼが本当に【連合】の仕事でなにか外せない用があったのなら、僕らがお見舞いに行くこと自体が迷惑《めいわく》になると思うんだが。

「とりあえずメールで、行ってもいいか聞いてみればいいんじゃね？　寝《ね》てるかもだし」

　お、奏汰ナイス。事前に知らせればいいのだ。都合が悪ければリーゼの方もなんとか誤《ご》魔《ま》化《か》すだろう。

「えー、それじゃサプライズじゃなくなっちゃう」

「お見舞いにサプライズはいらんから」

　ぶつくさ言いながら遥花がリーゼにメールを送る。しばらくすると遥花のスマホに返信があった。

「あー、なんか咳《せき》が酷《ひど》くて熱も高いから気持ちだけ貰《もら》っとくって。病院には行ったらしいけど、大丈夫《だいじょうぶ》かなぁ」

　病院ねえ……。宇宙人のリーゼが病院に行くわけはない。お見舞いに来させないための言い訳かな？

　それとも宇宙人の医者とかに診《み》てもらったとか？　いや、病気にならないなら医者に診てもらう必要はないわけだし……なんかよくわからなくなってきたな。

　僕は仮病《けびょう》だと思っているけれど、宇宙人だけの『宇宙風邪』的なものにかかったという線もなくはないのか……？

　結局お見舞いは無しということになって、僕は一人で帰ることになった。

帰りにスーパーに寄り、安かったので鰹《かつお》のたたきを買って帰る。刺身《さしみ》系はそのまま食卓《しょくたく》に並べられるから楽でいい。さすがに毎日料理するのはね……主婦の皆様《みなさま》はホントすごいと思う。

リーゼの家の前を通るとき、彼女《かのじょ》は今夜はログインしないかもしれないな、と思った。第五エリアの情報が揃《そろ》ってきたので、そろそろ僕らもどうするか決めようって話になっていたのだが。

まあ、みんなには風邪ひいたと言っておけばいいか。

「ただいまー。あれ？」

ガチャリと鍵《かぎ》を開けて家の中へと入る。家の中はシーンとしていて、人気が全くない。おかしいな、いつもならテレビなりノドカやマドカの騒《さわ》ぐ声がここまで聞こえてくるんだが。

何かあったのかと靴《くつ》を脱《ぬ》いで家に上がろうとしたとき、僕を中心とした光の輪が現れた。そのまま僕の身体《からだ》が光に包まれる。え、これって……⁉

次の瞬間《しゅんかん》、僕は全く違《ちが》う場所に立っていた。

目の前に映るのは広い豪奢《ごうしゃ》な部屋と、天井《てんじょう》と壁《かべ》に広がる無限の大宇宙。

正面にある高そうな金のテーブルにはミヤビさんとその隣にノドカとマドカ、そして見知らぬ三人の人物が座《すわ》っていた。

「おお、帰ったかシロ。近うよれ」

ミヤビさんが機嫌《きげん》良く僕を手招きする。いや、説明せんかい！

たぶん、いや間違《まち》いなくここは宇宙船の中なんだろうけど、いきなり転送するのはやめてくれないもんかね？

そう思いつつも逆らう気もなくテーブルに近寄ろうとすると、同席していた三人が立ち上がり、僕の前で跪《ひざまず》いた。

「「「皇太子殿下《でんか》の御尊顔《ごそんがん》を拝し奉《たてまつ》り、恐悦至極《きょうえつしごく》に存じます」」」

「はい？」

なんとも間抜《まぬ》けな声が出た。その皇太子殿下ってのやめてくれないかな……。あとその堅苦《かたくる》しい話し方も。

僕は呼び出した張本人に助けてくれという視線を送る。

「ミヤビさん、これってどういう……」

「かかか。そやつらがどうしてもシロの顔を見たいと言っての。まあ、それぐらいなら構わんと許可した。今のうちに紹介《しょうかい》しておいた方がなにかと都合がいいしの」

都合がいいってなにさ……。

僕は未《いま》だに跪いている三人を見下ろした。

一人は身体が大きな人物。たぶん男だと思う。歳《とし》の頃《ころ》は四十半ばに見えるが、宇宙人だからあてにならない。赤銅色《しゃくどういろ》の肌《はだ》に石みたいな鱗《うろこ》？　のような物が張り付いている。赤い短髪《たんぱつ》に鋭《するど》い目付き、歴戦の戦士といった雰囲気《ふんいき》が漂《ただよ》っていた。

続く一人は犬の頭をした人物。丸い眼鏡をして垂れ耳の、真っ白く長い髭《ひげ》を生やしたお爺《じい》さんだ。犬種としてはマルチーズに近い気がする。もちろん頭部が犬なだけで、身体は人間である。その目はどこか知的な輝《かがや》きが見える。

最後の一人は若い女性であった。軍服のような黒い制服に身を包み、肩《かた》からは金糸の刺《し》繍《しゅう》が施《ほどこ》された白いマントを纏《まと》っている。長い金髪《きんぱつ》を一つにまとめ、後ろに流していた。赤い瞳《ひとみ》のその目は右目だけで、左は黒い眼帯をしていた。

「いつまでも跪いたままでは話ができんじゃろ。三人とも席に戻れ。シロはこっちに座るがよい」

ミヤビさんがノドカとマドカが座っているのとは反対側の椅子《いす》をポンポンと叩《たた》く。

あの、その椅子、他の椅子と違ってミヤビさんの座っているやつの次に豪華《ごうか》なんですけど……。絢爛《けんらん》過ぎて座るのが怖《こわ》いんですが。

かといって逆らえるわけもなく、借りてきた猫《ねこ》のように指示された椅子に座る。うわ、ふかふかだわ、この椅子。

「まずは紹介しようかの。そっちのデカいのがガストフ。帝国宇宙軍の元帥《げんすい》じゃ。で、白い髭のがマルティン。帝国本星で宰相《さいしょう》をしとる。最後のがウルスラ。帝国諜報機関《ていこくちょうほうきかん》の長官じゃな。『帝国の三巨頭』などと呼ばれておる」

え、なにそれ……。めっちゃ偉《えら》い人ですやん……。宰相に宇宙軍の元帥、諜報《ちょうほう》機関のトップって。いや、横にいる人は皇帝《こうてい》だったか……。今更《いまさら》なのか？

「まさか陛下の御子《みこ》をこの目にすることができるとは……長生きはするもんですのう」

そう言ってマルチーズ顔の宰相さん……マルティンさんが涙《なみだ》ぐむ。

「いえ、僕はミヤビさんの子供でなく……」

「ああ、はい。存じております。しかし殿下は陛下の血を継《つ》ぎ、龍眼《りゅうがん》に選ばれた者。この【帝国】の後継者《こうけいしゃ》たる資格をお持ちなのです。これを喜ばずにいられましょうか」

いや、後継者って。継ぐ気はないですよ!?

「じいは大袈裟《おおげさ》じゃな」

「何を申しますか！　あの手がつけられなかった暴《あば》れん坊《ぼう》のお嬢様《じょうさま》が子をもうけ、その裔《すえ》が生きておられたのですぞ！　奇跡《きせき》としか言いようがありませぬ！」

「それもなにげに無礼じゃな……」

純米大吟醸
かのやま

苦虫を噛《か》み潰《つぶ》したような顔でミヤビさんが呟《つぶや》く。どうやらこの宰相さんとミヤビさんは気安い仲のようだ。『じい』と言っていたから、ひょっとしてミヤビさんの子供の頃の教育係とかかもしれない。となると、最低でも千年以上生きているわけだが。

「宰相殿《さいしょうどの》の仰《おっしゃ》る通り、これは誠《まこと》に喜ばしきこと。我《わ》が【帝国】の慶事《けいじ》でありますぞ。殿下の存在は皇室、及《およ》び【帝国】の希望なのですからな！」

宇宙軍元帥だというガストフさんが呵々《かか》と笑う。そんなに喜んでもらえると嬉《うれ》しい気もするが、希望ってのはどういうこと？

言葉の意味がよくわからずキョトンとしている僕に諜報機関の長《おさ》であるウルスラさんが説明してくれた。

「我が【帝国】の頂点に立つお方は皇帝陛下ただ一人。今まで陛下には血を分けた親族はおられず、帝室《ていしつ》と言っても陛下一人だけだったのでございます。しかしそこに殿下が現れた。諦《あきら》めかけていた帝室の子孫繁栄《はんえい》が夢ではなくなったとガストフ殿は言いたいのでしょう」

「その通り！　さらにそれが『龍眼』を得たお方となれば、誰《だれ》も文句を言う者はいまい！」

帝室？　子孫繁栄？　ウルスラさんの説明を聞いてもまだよくわかっていない僕にミヤビさんがからかうように口を開いた。

「つまりはシロに子供をバンバン作ってもらって、わらわの一族をいっぱい増やして欲《ほ》しいと言っとるわけよ」

「はあ!?」

なんでそうなる!?　いや、帝室にミヤビさんしかいないんだから必然的にそうなるのか……?

「というか、ミヤビさんの子孫なら他にもいると思うけど……」

龍眼の瞳がうっすらと見えたという祖父さんはもう亡《な》くなっているけど、その妹である百花《ももか》おばあちゃん、祖父さんの息子《むすこ》である父さんに、百花おばあちゃんの娘《むすめ》である一花《いちか》おばさん、その子供である遥花と奏汰。

親戚《しんせき》だけでもこれだけいる。さらに因幡《いなば》家から分家した家の子孫も含《ふく》めばかなりの数になるんじゃなかろうか。なにせ千年も経《た》ってる。百人以上はいるんじゃないか?

「前も言ったが、『龍眼』の力を持たぬ者はわらわの一族、ひいては後継《こうけい》としては認められぬ。あれから調べた結果わかったのじゃが、地球人は『龍眼』に目覚める素質がかなり低いようじゃ」

「え……?　じゃあなんで僕や祖父さんは『龍の瞳』が見えたの?」

「母方の血じゃな。シロを調べた結果、シロの母親、そしてその祖父の母親……シロの曾《そう》祖母《そぼ》には宇宙人の血が混じっとる。結果、わらわの血と混じって『龍眼』の力を持ち得た……という話じゃ」

嘘《うそ》ん……。母さんの方も宇宙人の子孫だったの⁉　地球に多過ぎだろ、宇宙人の子孫！

それとも僕の周りだけ⁉

母さんもひいばあさんも宇宙人の子孫で、因幡家はミヤビさんの子孫。宇宙人の血筋が僕で凝縮《ぎょうしゅく》してしまったということなのだろうか……。

「むろん、シロの子に『龍眼』の力が受け継がれるかはわからん。だが、『龍眼』の力に目覚めた者の嫡子《ちゃくし》は力に目覚めることが多い。残念ながらわらわの子に力があったかどうかはわからんままじゃったが……」

あの時代、子供が無事に育つ可能性は低かった。さらに生まれたミヤビさんの子は身体が弱く、とても大人にはなれないと思われていたらしい。

それでもミヤビさんは地球に残す子供に『龍眼』を与《あた》えたのだそうだ。その子が生き残る僅《わず》かな可能性を信じて。

そんな子を夫に託《たく》し、地上を離《はな》れなければならなかった彼女の無念はどれだけだっただろう。

その後、ミヤビさんの子供は『龍眼』の力に目覚めたのかもしれない。そしてあの時代を生き残り、僕らの祖先となったわけだ。

「『龍眼』に目覚めなかったとしてもシロの子じゃ。一族としては扱《あつか》えんが、ミヤコのように家族としては認めるぞ。だから安心してバンバン作るがいい」

「いや、作らんから！」

結婚《けっこん》どころか彼女もいないのに子供なんかできるか！

あけすけな女皇帝にキレていると、真面目な顔をして宰相さんがずいっと僕の方に顔を寄せた。

「それは困ります。陛下は頑《がん》として皇配を得ようとはしませんし、もはや殿下だけが頼《たの》みの綱《つな》なのです。皇帝の一族が途絶《とだ》えては【帝国】は崩壊《ほうかい》してしまいます。そのためにもなんとしても殿下にはお世継《よつ》ぎを作っていただきませんと！」

んなこと言われてもさあ……。だいたいミヤビさんより僕の方が先に死ぬんじゃないの？

「ミヤビさんはもう結婚しないんですか？」

「もう番《つがい》を得る気はないの。わらわの夫はあやつ一人だけで充分《じゅうぶん》じゃ。そもそもこの【帝国】はわらわが地球に行く、それだけのために建国したものじゃからな。役目はもう終えとる。なんならじいに譲《ゆず》ってもよいぞ？」

「馬鹿なことを……。そんなことをすればあっという間に【帝国】は分解して戦国乱世に突入《とつにゅう》しますぞ。陛下という存在あっての【帝国】、故に帝位《ていい》を継げるのはその一族のみ。つまり殿下と殿下の子孫をおいて他にありませぬ」

……ん？　子孫？　よく考えたら僕に子供が生まれて、さらに孫とかが生まれてもミヤビさんはずっと生きているわけだよな？

ってことは、後継者になるのは僕の子孫の誰かってことか？　まだまだ先の話？

「まあ、そうですな。少なくともあと千年は大丈夫でしょうが……」

「心配して損した……」

なんだよ、千年後の僕の子孫の誰かが【帝国】の皇帝になるかもしれないって話か……。今すぐ子供を作れとかいう話じゃなくてよかった……。これたぶん先送りにしても大丈夫なやつだ。

まあ、いつかは僕も結婚して子供が生まれるだろうから……。

結婚……するのだろうか？　まったく想像ができない。ずっと独り身の可能性も無視できないな……。

うーん……でもやっぱりまだそんな話は早いって。

「殿下にはハイドラ星の姫《ひめ》なんかがお似合いではないか？」

「馬鹿を言うでない。向こうは水棲《すいせい》種族ではないか。えら呼吸の処置を殿下にせよというのか？　それよりもクルゥルゥ星の王族などなら殿下の身分に合うと……」

「ちょっと待ってください、クルゥルゥ星人は確か触手《しょくしゅ》交配でしたよ。殿下には厳しいのでは？」

ちょっと待って！　なんで僕の相手が宇宙人限定になっているの⁉　あと触手交配ってなに⁉　怖い！

「待たんか。シロの番《つがい》は母であるわらわが決める。口出し無用じゃ」

「いや、母じゃないし、自分で決めるし」

なんだ？　宇宙人は人の話を全く聞かないのか？　とにかく勝手に決められても困るのでそこらへんはちゃんと言っておく。知らない間に触手種族の婚約者《こんやくしゃ》ができていたなんてのは御免《ごめん》だからな。

「む？　シロ、それはなんじゃ？」

「え？　ああ、忘れてた」

ミヤビさんが椅子の足下《あしもと》に置いておいたレジ袋《ぶくろ》を見つけて僕に尋《たず》ねてきた。

ああ、冷蔵庫に入れないと傷《いた》んでしまうな。

「夕飯の食材なんだけど……ここって冷蔵庫ありますかね？　傷んでしまうので……」

「お？　それは前に食べた魚の切り身じゃな？　あれは美味《うま》かった。どれ、よこすのじゃ」

「え？　ここで食べるの？」

僕が驚《おどろ》いている間に、ミヤビさんはパックの鰹のたたきを取り出してテーブルに置いた。

「切り身につけるタレがないのう。真紅《しんく》、シロの家から取り寄せてくれ」

『了解《りょうかい》、マイマスター』

この宇宙船のメインコンピューターである真紅さんの声がしたかと思うと一瞬《いっしゅん》にしてテーブルの上に、おそらく我が家《や》から転送したと思われるポン酢《ず》と小皿、そして箸《はし》が現れた。

勝手に……これって窃盗《せっとう》なんじゃないっスかね？

箸を器用に使い、鰹にポン酢をつけてパクリとミヤビさんが頬張《ほおば》る。

「うむ、美味美味。お主らも食べてみよ。地球の料理はフードディスペンサーと違って味わい深いぞ」

ミヤビさんが他の三人にも鰹を勧《すす》める。ノドカとマドカの分も買っておいたから量はあるけど……それ、うちの夕食なんですが。

「むう、これは酒が飲みたくなりますな」

「さっぱりしていて美味いですのう」

「生の魚など初めて食べましたが……興味深い味です」

三者三様に高評価のようである。地球よりも文明が進んだ惑星では食料などは加工されたものがほとんどで、生でなにかを食べるなんてのはないのだろうか。

「あ、プリンがあるのです！」

「プリンなの！」

デザートにと買っておいたプリンをノドカとマドカが見つけ、我先にとレジ袋から強奪《ごうだつ》する。君らもマイペース過ぎるだろ！

なんというか、僕の知る宇宙人は大雑把《おおざっぱ》でマイペースな人物が多い気がする。悠久《ゆうきゅう》の時が流れる大宇宙で暮らしていると、みんなこんな感じになるのかもしれない。

小さくため息をつきながら、僕は窓の外に広がる無限の大宇宙を眺《なが》めた。

◇◇◇

鰹のたたきを食べられてしまった僕は、当然ながら今晩のおかずがないことになってしまった。さて、どうするか、と悩《なや》んでいたら、ミヤビさんが『ならここで食べていけばよい』と言い出した。

ありがたいのだけれど、正直言って不安しかない。

だって相手は宇宙人ですよ？　銅板のステーキとか、ニッケルの重油炒《いた》めとかが出てきたりやしないかと戦々恐々《せんせんきょうきょう》としている。

噛み切れるものだといいなぁ……。

「お待たせいたしました」

「わ!?」

そんな願いを心の中で祈《いの》っていると、一人のメイドさんらしき人がワゴンに料理を載《の》せて部屋の中に一瞬で現れた。転送して来たのか？

燃えるような赤い髪《かみ》をアップにまとめ、英国ヴィクトリア時代のようなメイド服を身に纏っている。いかにも正統派メイドと言わんばかりの女性だ。

切れ長の目は金色の輝きを放っていた。美人だけど、どことなく人形のような雰囲気がある人だな……。

「ほお。その姿もなかなか似合うの、真紅」

「恐《おそ》れ入ります。地球の使用人に合わせてみました」

「え!?　真紅さん!?」

真紅さんってこの宇宙船のメインコンピューターじゃなかった⁉

「私はいくつかのガイノイドのボディを使い、皇帝陛下に仕えております。本体はこの船ですが、細かい作業をするにはこちらの方が適していますので」

「ガイノイド？」

「女性型機械人形のことじゃ」

機械人形……！　ロボットってこと？　人形っぽい人だと思っていたけど、そのものズバリだったのか……。

パッと見、どう見ても人間にしか見えないんだけども……。むうう、宇宙の技術恐るべし。

その真紅さんがテーブルの上に料理を並べていく。あれ？　牛肉のステーキのようなもの、皿に載ったパン、コンソメスープのようなものにサラダ……。見た目は普通の料理に見える。

僕はじぃぃぃぃ……っと、ステーキを凝視《ぎょうし》する。牛肉……に見えるが、本当は何の肉かわからない。食べても大丈夫……だよ、な？

「今日は殿下のお口に合わせ、地球での一般的《いっぱんてき》な料理にしてみました」

真紅さんの言葉に僕はホッと胸を撫《な》で下ろした。よかった。謎の肉じゃなかった。

「うむ、宮廷《きゅうてい》の料理に比べると質素だが、なかなか美味いのう」

「美味《おい》しいです！」

「美味しいの！」

早々とステーキに手を出したミヤビさんたちが肉を頬張るのを見て、僕も目の前の肉にナイフを入れる。おおっ、すごく柔《やわ》らかい。肉汁《にくじゅう》が滴《したた》っている。

切り分けた肉を口に運ぶ。肉を噛んだ瞬間、溢《あふ》れんばかりの旨味《うまみ》が口いっぱいに広がっていった。

あまりの美味さに陶酔《とうすい》していた僕に、真紅さんが声をかけてくる。

「いかがですか？」

「美味しいです！　こんな肉食べたことない！」

「それはようございました。殿下の出身国に合わせ、Ａ５ランクの牛肉とやらに限りなく近いものを作れたと思います」

Ａ５ランク⁉　それって最高級の牛肉ってやつだよね⁉　ランク＝美味いってわけじゃないんだろうけど、お値段が高い肉に変わりはない。レンの別荘《べっそう》で食べた肉だってこんなには……あれ？

ふと、真紅さんの言葉に引っかかるものを感じた。

『限りなく近いものを作れた』？

ステーキを『作れた』っていうならわかるんだ。その味に近いものを努力して調理した、という意味で。

『肉を作れた』ってのはどういう……？

「あの……一応聞きますけど、この肉って牛肉ですよね……？」

「いえ。速成培養《ばいよう》装置で作った培養肉です。牛の細胞《さいぼう》も含まれてはいますが、完全な意味での牛肉とは言えませんね。味や栄養はほとんど変わりありませんが」

謎肉《なぞにく》だった！　口の中の肉を出そうかと一瞬躊躇《いっしゅんためら》ったが、そこを堪《こら》えて咀嚼《そしゃく》する。……ちくしょう、美味い……。

ごくんと謎肉を飲《の》み込む。……美味いからいいか……。身体に害があるわけじゃないだろうし……。

パンも普通のパンじゃないんだろうなあ、と思いつつ手を伸《の》ばしてそれを口にする。くっ、これもふんわりしていて美味しい……。宇宙人の科学技術恐るべし。

「これは美味いですなぁ。真紅殿、軍部の方にもこれを回してもらえんだろうか？」

「あっ、諜報部《ちょうほうぶ》の方にもお願いします！」

帝国宇宙軍元帥のガストフさんと、諜報部長官のウルスラさんが真紅さんに頼み込んでいた。どうやら地球の味を気に入ったらしい。

マルチーズの顔をした帝国宰相《ていこくさいしょう》であるマルティンさんは、肉を小さく切り分けてゆっくりと味わっている。

けっこうなお年（それこそ千年単位で）のようだし、油っこいものはあまり食が進まないのかもしれないな。

食後にデザートとしてプリンが運ばれてきた。こちらも何の卵を使ったものかわからないが、もう腹を括《くく》った僕はそれを躊躇うことなく口に入れた。くっ、味が濃厚《のうこう》でこれもまた美味い……！

「そういえばウルスラ。先ほど【連合】の方でやたら星間通信が飛び交《か》っていたようじゃが、なにかあったのか？」

「はっ。最近【連合】が追っていた吸血種がやっと捕《つか》まったらしいのですが……。それがどうも幻想種《ファンタスマゴリア》を地球に持ち込んでいたようでして……」

【連合】が追っていた吸血種？　それって最近ニュースで話題になっていた吸血事件の犯人か？　やっぱり宇宙人だったのか。

捕まったのはよかったけど、幻想種《ファンタスマゴリア》ってのはなんだろう？

「幻想種《ファンタスマゴリア》か……。また面倒なものを持ち込んできたのう」

ミヤビさんがちょっと迷惑そうに眉《まゆ》を顰《ひそ》めた。どうやら幻想種《ファンタスマゴリア》とはあまりよくないものらしい。

「あの、幻想種《ファンタスマゴリア》って？」

「幻想種《ファンタスマゴリア》とは、決まった姿を持たない種族のことです。精神生命体の一種で、主に他の生命体に取り憑《つ》いて活動したりしますね」

僕の疑問に真紅さんが説明してくれた。なにそれ怖い。悪霊《あくりょう》みたいに身体を乗っ取られるってこと？

「安心せい。精神集合種《オーバーマインド》ならいざ知らず、幻想種《ファンタスマゴリア》一体ではそう簡単に人間を乗っ取ることなどできんわ。せいぜい虫か小動物じゃな」

不安そうな僕に対してミヤビさんが呵々《かか》と笑ったが、マルティンさんがそれに口を挟《はさ》んだ。

「ですが陛下、幻想種《ファンタスマゴリア》には電子世界に入り込む種もいますぞ？」

「問題はそこじゃな。そうなると見つけるのは難しい。いや、なにか騒ぎを起こしてくれれば発見は難しくないのじゃが、電子の海に潜伏《せんぷく》されてはのう」

なにか大事《おおごと》なのだろうか。その幻想種《ファンタスマゴリア》によって地球が未曾有《みぞう》の危機に陥《おちい》るとか……！

「……それってかなりヤバい？」

「ん？　いや、大したことはないじゃろ。原始的な電脳空間ならまだしも、地球のネット上には様々なセキュリティがあるしの。【連合】が心配しているのは、幻想種《ファンタスマゴリア》が地球人の手に落ち、分析《ぶんせき》されてしまうことじゃろうな。調査審議《しんぎ》中の地球人に我らの存在が明るみになるのはマズいからの」

よくわからないが幻想種《ファンタスマゴリア》というのは、地球でいう希少動物のようなものなのだろうか。犯罪者がイリオモテヤマネコを持ってアメリカに密入国した、みたいな。

んで、ヤマネコは逃《に》げてしまった、と。そりゃあ【連合】さんも必死こいて探そうとするよな。

「なんにしろこれは【連合】の問題じゃ。我らが口を出す必要はあるまいて」

そう言ってミヤビさんがプリンを口に運ぶ。

【連合】の問題ね……。ああ、ひょっとしてリーゼが学校を休んだのもそれが原因か？　地球における地上調査員って言ってたし、もろ直接の案件だよな。早く見つかるといいけど……。

「ところで殿下は『DWO《デモンズ》』をやっていると聞いたのですが……」

「え？　あ、はい。それでミヤビさんと知り合いましたから」

突然《とつぜん》ウルスラさんが僕《ぼく》にそんな話を振《ふ》ってきた。なんで今『DWO《デモンズ》』の話を？

「実は私も『DWO《デモンズ》』に参加していまして。我々【帝国《ていこく》】の者は基本的にシークレットエリアでNPCとしてあのゲームに参加していますが、陛下と同じく私も自分のシークレットエリアを持っているのです」

自分のシークレットエリア？　ミヤビさんの【天社《あまつやしろ》】と同じような場所、ということだろうか。

それにしてもウルスラさんが『DWO《デモンズ》』をやっていたとは……。いや、プレイヤーとしてではなく、ミヤビさんと同じでNPCとしてなんだろうけども。

「長く艦内《かんない》にいると、どうしてもストレスが溜《た》まりますからね。擬似《ぎじ》空間で自由に好きなことをやって、ストレスを発散させないと仕事にも差し障《さわ》りが出ますから」

なるほど。諜報機関の長官ともなると、いろいろと仕事の疲《つか》れが溜まるのだろうな。僕はミヤビさんの方をちらりと見て、トップがこの人では精神的疲労《ひろう》もかなりのものなのだろうとちょっと同情した。

「配下の者も一緒《いっしょ》に同じシークレットエリアで楽しんでいます。普段《ふだん》は潜伏するような任務が多いので気晴らしになるんですよ」

「気晴らしなら電脳空間に入らずとも狩《か》りにでも行けばいいではないか。ジェナス三連星にいい狩場《かりば》があるぞ？」

「諜報機関《うち》の子たちはガストフ殿の部下《のうきん》たちとは違って、暴れてストレスを発散させたいという者ばかりではないの！　好き好んで捕食者《プレデター》や殺戮機族《キリングマシン》の星に装備無しで降下する馬鹿と一緒にしないでほしいわね」

「失礼な。さすがにうちの奴《やつ》らでも殺戮機族《キリングマシン》の星には装備無しでは降りんぞ。倒《たお》しても倒してても修理されて戻ってくるのではキリが無いからな。かといって惑星ごと破壊《はかい》するのもつまらんし」

ウルスラさんとガストフさんがなにやら言い争っているが、会話の内容が物騒《ぶっそう》過ぎる。ここは聞かなかったことにしよう……。

しかし【帝国】としては地球をどうしたいのだろう。地球人を宇宙に進出させるかさせないか、【帝国】は中立だという話だったけど。

「ふむ。わらわとしてはもうすでに目的を達したようなものじゃからのう。地球がどうなろうと関係ないと言えば関係ないのじゃが……」

ミヤビさんが地球にはまるで興味がなさそうに答える。

この人は自分の子供に託した【龍眼】を求めて地球にやってきたっぽいからな。【龍眼】と僕という【龍眼】の後継者を見つけた以上、もう地球には用はないのかもしれない。

だからといって武力で占領《せんりょう》とか惑星破壊《わくせいはかい》とかはないよね……？

不安になる僕の心情を感じ取ったのか、ミヤビさんがクスリと笑う。

「わらわもウルスラもそうじゃが、『DWO《デモンズ》』で楽しんでいる者もいることじゃし……いましばしは静観するつもりじゃ。【連合】と【同盟】がどのような答えを出すか、少しばかりは気にもなるしのう」

ふう……。よかった。地球は危機を免《まぬが》れたぞ。ゲームのおかげで。……なんか違う気がする。

「ふーむ、その『DWO《デモンズ》』とやらは面白《おもしろ》いのですか？　地球人の監視《かんし》審査《しんさ》に使うと聞いていたのであまり興味はなかったのですが……」

「まあ、別の自分になれるという点ではなかなか興味深いものがありますよ。プレイヤーならば弱い自分がどうやって強くなるとか考えるのも楽しいですし、苦労して強敵を倒した時は今までの努力が報《むく》われたような気がして嬉しいですし」

「弱い自分、ですか。確かにそれはあまり体験したことのないことですな……。ううむ、弱い者がいかにして強敵を倒すか、というところは少し惹《ひ》かれますな……」

『DWO《デモンズ》』のことを尋ねてきたガストフさんに僕が説明すると、帝国宇宙軍元帥はなにやら考え込《かんがこ》んでしまっていた。まさか『DWO《デモンズ》』をやる気なのだろうか……？

元帥なんかが『DWO《デモンズ》』始めたら、他の【帝国】の人たちは気を遣《つか》って楽しめなくなるんじゃないだろうか。

シークレットエリアのNPCとしてではなく、普通にプレイヤーとしてなら、同じギルドに所属さえしなければそこまで気を遣うことはないのかもしれないけれど。

「そういえば【帝国】のプレイヤーっていないんですか？」

「まったくいないわけではないぞ。ほれ、ミヤコなんかはプレイヤー側じゃろう？」

あ、忘れてた。そうか、ミヤコさんは『侍《サムライ》』のプレイヤーだった。

「わらわがNPCとして【天社《あまつやしろ》】に引っ込んでおるから、皆《みな》も同じようにしているだけじゃろ。それとプレイヤーとして動き回ると、知らんところで【連合】や【同盟】のプレイヤーといざこざを起こしてしまうかもしれん。まあ、あくまでもゲームというお遊びの中じゃから、向こうもそんなに目くじらを立てるとは思わんが……」

「『DWO《デモンズ》』内では中身が誰が誰だかわからないし、問題ないんじゃ？」

あ、でもミヤビさんにノドカやマドカは見た目がそのまんまだったな……。名前もそのままみたいだし。容姿と名前を変えるのは『DWO《デモンズ》』ではお決まりなんだけども。

そんな僕の逡巡《しゅんじゅん》を知ってか知らずか、マルティンさんが口を挟んできた。

「まあ、そうなのですが、調べようと思えば調べることはできますからね。そもそも『DWO《デモンズ》』は【連合】、【同盟】、【帝国】が揃って管理している部分もありますし」

そうだった。このゲーム自体、宇宙人たちが地球人を調べようと広めたゲームなんだった。上層部ならその気になれば相手が誰だか調べることは簡単だろう。

「もっとも正体がわかったところで、陛下や元帥《げんすい》殿、長官殿に文句など言える者が向こうにいるかどうかわかりませんがね」

ええ……。それって接待プレイにならない？　いや、地球人プレイヤーはそんなこと知らないから、そこまでにはならないのか。

それにリゼルのようにプレイヤーとして楽しんでいる人たちもいるようだし、あまり影《えい》響《きょう》はないかもしれない。運営側は胃が痛くなるかもしれないが。

ミヤビさんがＮＰＣになっている時点で、もう胃がキリキリしていると思うけどね……。

「ガストフ殿、本当に『ＤＷＯ《デモンズ》』を始める気ですか？」

「うーむ、どうせ始めるなら部下たちも誘《さそ》いたいな。いろんな訓練に使えるかもしれん。これなら出身星による種族のハンデはないからな」

ウルスラさんの言葉にけっこう乗り気でガストフさんが答えていた。マジで……？　プレイヤーでやる気なら、名前と姿は完全に変えて欲しい。あとできれば【怠惰《たいだ》】はやめて下さい。いや、ホントに。

ガストフさんは腕《うで》に嵌《は》めてあったブレスレットに指を走らせ、なにやらピピピピ、と操作し始めた。

あれ？　あれってノドカとマドカが持っているブレスレットに似ている気が……って、もしかして。

『【デモンズワールド・オンライン】へようこそですの！　まずは貴方《あなた》の分身となるアバターを設定して下さいですの！　わからないことがあれば、なんでも聞いて下さいですの！』

ヴォン、という音とともに、ウィンドウがガストフさんの目の前に開き、その中にデモ子さんが現れる。

えっ⁉　『DWO《デモンズ》』にログインしたのか⁉　でもガストフさんは普通《ふつう》に意識を保ってここにいるぞ？

「意識を全て電脳空間に落とすことなく、並立《へいりつ》して思考することのできる種族も多いのですよ。殿下以外のここにいる全員がそうですな」

驚いていた僕にマルティンさんが説明してくれた。ノドカとマドカが言っていた『半分こっちに残す』とはやっぱりそういうことだったのか。

「シロも【龍眼】の力を引き出せるようになればできると思うぞ？　始めは身体の方が夢遊病者のようになるかもしれんがの」

「やめときます……」

『DWO《デモンズ》』にログイン中、本体がウロウロと徘徊《はいかい》するなんて勘弁《かんべん》してほしい。

ゾンビのように虚《うつ》ろな目で夜中の町を徘徊する自分を想像してしまい、げんなりとしていた僕にガストフさんが声をかけてきた。

「殿下《でんか》、種族選択《せんたく》はどれを選んでも構わないので？」

「え？　ああ、それぞれ特性があるので自分に合ったものであれば問題ないと思いますよ」

「ガストフ殿なら【鬼神族《オーガ》】一択《たく》でしょうが」

「うむ。というか、それ以外ではまともに戦えんじゃろ、お前は」

ガストフさんのキャラメイクに横からウルスラさんやミヤビさんがあれこれと口を出している。マルティンさんはそれを見て笑っていた。なんだかんだで楽しそうだな。

開始エリアを決めるときに、『殿下はどこです？』と聞かれてしまった。

この流れは僕と同じ【怠惰】に決まってしまう流れか……？　と思ったのだが、ミヤビさんの『シロが気を遣うから、違《ちが》うエリアにしろ』という鶴《つる》の一声でガストフさんの開始エリアは【暴食】となった。

ううむ、【暴食】の第四エリアと【怠惰】の第五エリアは繋《つな》がっているから、出会う可能性はあるな……。

別にガストフさんが嫌《いや》なのではなく、それを知ったリーゼがミヤビさんの時と同じくまたビビるのでは？　と心配なのだ。

ガストフさんのアバターの容姿は本人とそこまで変わってはいない。もともと大きな人だから、【鬼神族《オーガ》】になってしまうと体型的にはあまり変わらないのだ。

僕としてはもっとイメージを変えて欲しかったのだが。金髪《きんぱつ》ロンゲのチャラ男案は却下《きゃつか》された。

見る人が見ればわかってしまうかもしれない。ここにいる人たちは宇宙じゃ有名人らしいから、ガストフさんが【連合】や【同盟】のプレイヤーに身バレするのも時間の問題かもしれないなあ。

この人らは気にもしないんだろうけどさ……。

◇　◇　◇

「おはよう、白兎《はくと》君……」

「おは……おいおい、なんだ、すごい顔してるな……」

登校しようと家を出た僕は、ちょうど同じタイミングで隣《となり》の家から出てきたリーゼと挨《あい》拶《さつ》を交わす。

いや、交わそうと思ったが、リーゼのあまりの表情に言葉が続かなかった。

髪はバサバサ、目の下には隈《くま》ができ、顔色は青白い。心なしかげっそりとしていて、いつもの美少女さはどこへやら、といった感じだ。

「ここ数日、ずっと働《はたら》き詰《づ》めで……。あんまり寝《ね》てないからちょっとね……」

働き詰めって……。ああ、リーゼは【連合】の調査員としての顔もあるからな。そっちの仕事もしながら、学校にも行かないといけないって大変なんじゃないか？

「学校に行くのも仕事のうちだから……。昨日はどうしようもなくて休んじゃったけど、学校行ってれば無《む》茶《ちゃ》な仕事を回されることもないし……」

疲れた笑いを浮《う》かべながらため息をつくリーゼ。宇《う》宙《ちゅ》船《う》での仕事がキツくてこっちに逃げてきたってことか？

あ、ひょっとして昨日ミヤビさんたちが話していたやつ絡《がら》みかな？

「幻想種《ファンタズマゴリア》ってやつか？　結局見つかったのか？」

「なんで知ってるの⁉　極《ご》秘《くひ》情報なのに⁉」

僕の言葉に心底驚いたような表情を向けるリーゼ。血走った目とやつれた表情が相まって、ちょっとしたホラー感がある。怖《こわ》いわ。

昨日僕がミヤビさんたちから聞いたことを簡単に説明すると、リーゼの表情が今度は苦虫を噛み潰したようなものに変化した。さっきから表情がころころと忙《いそが》しいやつだな……。

「くぁ～……。極秘情報が【帝国】に筒抜《つつぬ》けじゃん……！　なにやってんの、【連合《うち》】のセキュリティ部！　仕事しなさいよ！」

あ、しまった。これって【帝国】が【連合】の情報を握《にぎ》ってるって僕がバラしたことになるのか？

そんなことをリーゼに尋ねると、今度は難しい顔をして唸《うな》り出す。

「あ～……そこらへんはホラ、私も上に報告できないから。『どこでその情報を聞いた？』って聞かれたら、白兎君のことを言わざるを得なくなるし。言ったら皇帝《こうてい》陛下に首チョンパされるし」

首チョンパって……。さすがにミヤビさんでもそんなことはしないと思うけども。……しないよな？

僕のそんな不安を打ち消すかのように、リーゼが勢いよく顔を上げる。

「よって私はなにも聞いていません！　全部【連合《うち》】のセキュリティ部が悪い！」

「いいのか、それ……。背信行為《こうい》になるんじゃ……」

味方の不利益を黙《だま》って見逃《みのが》したなんて、バレたらやばいだろ。

「白兎君、命より重い規律なんてないんだよ……？　　でもまあ……いざとなったら【帝国】に亡命させてくれるよね？　皇太子殿下ならできるよねぇ……？」

　そう言ってリーゼが血走った目で僕を覗《のぞ》き込んでくる。いや、できないことはないかもしれないけど……。

　本当にこの件でリーゼが困ったことになったらミヤビさんに頼んでみるつもりだけどさ。僕のうっかり発言でリーゼが罰《ばっ》せられるのは申し訳ないし。

「あー……もういっそのこと本当に【帝国】に亡命しようかなぁ……。そしたら私、皇太子殿下のお友達ってことで、宮廷侍女《きゅうていじじょ》クラスの待遇《たいぐう》とかしてもらえるかも。そしたらあんな横暴な上司とも縁《えん》が切れて……。あ、なんかすごい良いアイディアに思えてきた……！」

「やめろ。お前は今、疲れてまともな思考判断ができていないから」

　なんか目の光が消えて変な笑いをし始めたリーゼを強く揺《ゆ》さぶる。

　しばらく説得を続けると、なんとか理性を取り戻《もど》してくれたようだ。

「まったくもう、幻想種《ファンタスマゴリア》なんて本当に厄介《やっかい》なものを持ち込んでくれたわ。あれが地球人の手に渡《わた》ったらどんな悪用をされるかわかったもんじゃないんだから」

「そんなにヤバいもんなのか……？」

あれ？　ミヤビさんたちの話だと大したことないって感じだったけども……。

「幻想種《ファンタスマゴリア》っていうのはね、どんな姿にもなれるし、どんなところにも入り込めるの。ちゃんと知能もあるし、意思の疎通《そつう》もできる。だけど善悪の区別ってのが皆無《かいむ》なのよ。本能によって行動する、動物みたいなものなの。もしそんなのを悪い地球人が飼い慣らしたりしたらどうなると思う？」

「それは……かなりマズいか……？」

どんなところにも入り込めて、なんにでも変身できる……。どんな厳重な警備も掻《か》い潜《くぐ》り、侵入《しんにゅう》できるってことだよな？

「それだけじゃないわ。幻想種《ファンタスマゴリア》をその身に纏《まと》えば違う人間にだって化けることができる。さらに幻想種《ファンタスマゴリア》は電子空間にも入り込めるから、そっちの知識がある人間に利用されたらとんでもないことになりかねないのよ」

あ、そうか！　ミヤビさんたちが言っていたのは、幻想種《ファンタスマゴリア》単体では大したことができないってことだったんだ。

もし、それを利用しようとする悪い人間が幻想種《ファンタスマゴリア》を手に入れてしまったら、その被害《ひがい》は格段に跳《は》ね上がるってことか！

「だから【連合】では必死で幻想種《ファンタスマゴリア》を捜索《そうさく》してる。極秘でね。【同盟】にバレたらこれをきっかけに地球の管理権に口を出してくるのは間《ま》違《ちが》いないから。……【帝国】にはバレてたみたいだけどね……」

そう言ってリーゼは力なく笑う。

「全然見つからないのか？」

「見つからない。手がかりさえもさっぱり。持ち込んだ吸血種《アホ》のところから逃げ出したのは半年くらい前らしいけど、もうすでになにかに擬《ぎ》態《たい》していると思う」

擬態……ってなにかに化けているってことだよな。いや、化けているというか、憑依《ひょうい》するんだっけ？　人間は無理らしいけど、虫とか小動物の体を乗っ取る、みたいな。

「逃げ出した幻想種《ファンタスマゴリア》は特殊《とくしゅ》で稀少《きしょう》なやつでね。たぶん進化したら乗っ取った肉体を変化させることもできるらしいの。例えばあの小鳥の精神を乗っ取ったあと、そこにある石ころに化けることもできるってこと」

「無機物にも化けられるのか……」

「それだけじゃないよ。精神体だけなら電子空間にも入り込めるから、地球上どこにでも行ける。まあ、実際にはいろんなセキュリティがあるからそんな好き勝手に移動はできないと思うけど、それを打ち崩《くず》せる人間が幻想種《ファンタスマゴリア》を手に入れたらと思うと頭が痛い……」

リーゼが大きなため息をつく。ハッカーとかクラッカーとかそういった人種に利用されたらやりたい放題ってことか……。

「昨日まで大急ぎで地球全体のネットワークに罠《わな》を張り巡《めぐ》らせてたの。幻想種《ファンタスマゴリア》が行動を起こせばすぐわかるようになってるんだよ。ただ、幻想種《ファンタスマゴリア》って、精神生命体だから時間の概念《がいねん》があんまり無くてね。下手したら百年くらい動かない可能性もあるの」

「えっ、そんなに⁉」

「長引けば長引くほど【同盟】にバレる可能性が高くなるし……。さっさと地球を【連合】に引き入れてしまえばなんとでもなるんだけどね――……」

またしても何度目かの大きなため息をついて、リーゼが疲れた笑《え》みを浮かべる。

ううむ、地球側としてはどのみちバレるんなら【同盟】側にもちゃんと説明して協力してもらい、共同で捜索にあたってほしいところだが……そう簡単なことではないんだろうな。

こうなってくると、道端《みちばた》の石ころや、そこらの雑草さえも疑わしく思えてしまうな。

「ま、私は下っ端《ぱ》だから責任を取るのは上司《うえ》なんだけどね！　こういうの、『あとは野となれ山となれ』って言うんでしょ？」

いや、それ目先のことさえなんとかなればあとは知らんって意味だから……合ってるのか？

まあ、これについて僕にはできることはないし、【連合】のお偉《えら》いさん方に頑張《がんば》ってもらうしかない。その人らにこき使われるリーゼには心底同情するが。

「仕事が忙しいってことは『DWO《デモンズ》』にもあんまりログインできなくなるのか？」

「ううん、もう山は越《こ》えたから大丈夫《だいじょうぶ》。あとはそっち専門の部署がメインで動くから。私たちはたまに協力するくらいで済むと思う」

そうなのか。それならよかった。僕らだけで先に進んでしまっても、なんかもったいないからさ。

「やっと第五エリアに行けるんだもん、仕事なんて後回しよ！」

「いや、それもどうなんだろう……」

勤めたことがない身なので、なんとも言えないのだけれど、仕事を放り出すのはいかんと思うぞ？

「ジパングエリア楽しみだよねー。レンちゃんが新装備作るのに張り切ってたよ。ここはやっぱり和風でいきたいって」

「レンも凝《こ》り性《しょう》だからなぁ……」

元々、和風スタイルのシズカを除き、僕らの装備も和風っぽくするんだそうだ。

次に行くエリアを【怠惰】の第五エリアか、【嫉妬《しっと》】の第五エリアかで迷っていたが、【怠惰】の第五エリアがジパングとわかって、僕らは満場一致《まんじょういっち》で【怠惰】の第五エリアへ行くことに決まった。

それからレンは僕らの装備を作り続けているらしい。

「私は魔法使《まほうつか》いだから陰陽師《おんみょうじ》みたいな装備かな～。レンちゃんのことだから可愛《かわい》い感じにアレンジされてる気がする」

「いやいや山伏《やまぶし》みたいな修験者《しゅげんじゃ》スタイルじゃないか？」

「……白兎君は忍者《にんじゃ》で決まってるから気楽でいいよね」

うぐっ。ちょっとリーゼをからかったらブーメランが返ってきた。

忍者は嫌ということを今まで何度も言っているから、レンがそんな嫌がらせをするはずはない……と思う。

もしも忍者衣装《にんじゃいしょう》だったら白いのかな……？　目立つぞ、それは。

普通にジャパネスクスタイルのものでいいんだよ。ちょっとアレンジしてあればそれでOKなんだ。奇抜《きばつ》な衣装《いしょう》は望まない。傾奇者《かぶきもの》とか虚無僧《こむそう》とか。

レンが頑張って作ってくれたものを『着ない』って選択肢《せんたくし》はないからなあ……。

彼女《かのじょ》のセンスは悪くないから、そこまで変なものはできないと思うけども、そのセンスの方向性が『可愛いもの』に振られることがあるからな……。

女性陣《じょせいじん》はいいけど、男には似合わないものもあるからさ……。

ウサギマフラーなんかまさにそれなんだけれど、もうアレはウチのギルドのマークということで受け入れてしまったけどね……。

「もうすでに第五エリアに入ったパーティもけっこういるみたいだよ」

すでに第五エリアに入ったパーティというのは、僕らとエリアボスであるフロストジャイアントを倒した時のメンバーだろう。

今のところまだ僕ら以外にフロストジャイアントを討伐《とうばつ》したパーティはいない。

【エルドラド】がギルド単体でフロストジャイアントに挑《いど》んだそうだが、あと一歩のところで負けたんだそうだ。

石斧《いしおの》の連続攻撃《こうげき》に盾職《タンク》が耐《た》えられなくなり、そのまま回復役《ヒーラー》がやられてしまってそこから瓦解《がかい》して負けたとか。

僕らの時は【夜兎鋏《やとのはさみ》】で武器破壊をできたからな。運が良かった。

総力戦でアイテムを使い果たした【エルドラド】は、しばらくはフロストジャイアントに挑めないだろう。ギルマスであるゴールディが地団駄踏《じだんだふ》んで悔《くや》しがっている画《え》が浮かぶ。

「動画を見たけど、時代劇のようなエリアかと思ったら、いろいろごちゃまぜっぽい感じだったね。瓦屋根《かわらやね》みたいなものもあれば、煉瓦《れんが》作りの家もあったり、提灯《ちょうちん》？　とかいうのもあるけど、普通にランタンもあったり」

「和洋折衷《わようせっちゅう》って感じか？」

「わよーせっちゅー？　よくわかんないけど、NPCの着ている服は和服っぽいし、おっきな桜の木とかでっかい赤い鳥居とか、日本っぽいものが多かったよ」

桜か。今年は引っ越しで忙しかったから花見もできなかったな。

『DWO《デモンズ》』で遅《おそ》い花見とかできるかな？

◇◇◇

【Game World】

「はいっ、これがシロさんの新しい装備です！」

『DWO《デモンズ》』にログインするやいなや、レンが僕に渡してきた装備は、リーゼ……リゼルの言っていた通り、和風の装備だった。

一瞬《いっしゅん》、忍者服じゃないかと疑ったが、違った。まあ、それはいい。

それはいいんだけど、この服はどうなんだ……？　確かに和風かもしれないけどさ……。

期待した目をこちらに向けてくるレンに文句を言うわけにもいかず、装備ウィンドウを開き、その場で装備を変更《へんこう》した。

「やっぱり似合ってます！　ほらウェンディさん、私の目に狂《くる》いはなかったでしょう⁉」

「ふむ。確かにこれはなかなかですね」

「落ち着いた感じでいいと思いますわ」

「いつもと違った雰囲気《ふんいき》だけど、これはこれで有り」

褒《ほ》めてくれたのはレン、ウェンディさん、シズカにリンカさんの四人。

「やっぱり忍者服の方がいいと思うんだけどなー」

「だよねぇ。シロ君っぽさを出すならねぇ」

不満そうなのはミウラとリゼル。お前らそんなに僕に忍者服を着せたいのか。

レンが作ってくれた装備は、白い襟《えり》なしのシャツに黒の着物。白鼠《しろねず》の袴《はかま》に黒い編み上げブーツ。そしてなぜか眼鏡。

いかにも明治・大正時代の書生スタイルなんだが、いいのかこれで……。もっと戦国時代みたいなものの方がマッチしてたんじゃ？

「ブーツか下駄《げた》か迷ったんですけど、下駄は私じゃ作れないからブーツにしました」

ブーツでよかったよ。これで下駄にチューリップハットでもかぶってたら、どこの名探偵《めいたん》偵《てい》かと思われる。

着物の上からウサギマフラーを装備して、腰《こし》の後ろに双剣《そうけん》を互《たが》い違いに鞘《さや》ごと装備する。

少し動いてみるが、動きを阻害《そがい》するような感じはない。

「これ、眼鏡は必要だった？」

今まで『氷結』耐性《たいせい》のつく眼鏡をかけてはいたが、それとは違う眼鏡だ。

「【細工】スキルを取ったので作ってみたんです。形は前のとあまり変わらないんですけど、面白い効果がついたので」

「面白い効果？」

僕は眼鏡のパラメータウィンドウを呼び出し、特殊効果《とくしゅこうか》のところを確認《かくにん》してみた。

【レンの伊達《だて》眼鏡（黒）】　Xランク

STR（筋力）＋15
VIT（耐久力《たいきゅうりょく》）＋14
INT（知力）＋12
MND（精神力）＋10
AGI（敏捷《びんしょう》度）＋16
DEX（器用度）＋18
LUK（幸運度）＋16

■セルフレームのおしゃれ眼鏡
レンズは入っていない。
□装備アイテム／アクセサリー
□複数効果無し／
品質：F（最高品質《フローレス》）
■特殊効果：弱点鑑定《かんてい》

【鑑定済】

ぶっ⁉　なんだこりゃ⁉　数値は低いけどステータス全UPなんて初めて見たぞ⁉

それに『弱点鑑定』？　聞いたことのない効果だな……。名前からして敵の弱点を見極《みきわ》める効果かな？

「その眼鏡を通して敵モンスターを見ると弱点の部分が光って見えるんです。弱点の属性も色でわかります。火属性が弱点なら赤、というように。プレイヤーには効果はないみたいですけど、エリアボスにも効果を発揮するみたいです」

効果を確認するためにわざわざウェンディさんと第一エリアのボスであるガイアベアを狩ってきたらしい。

エリアボスに効いたのならほとんどのモンスターに効くだろう。

僕が眼鏡に感心していると、レンにミウラが声をかけた。

「ところでシロ兄ちゃん以外のみんなの装備は？」

「ごめんね。まだ全部はできてなくて……」

「なーる。シロ兄ちゃんのを優先させたわけだ。あたしたちは後回しかあ」

文句を言ってるわりにはニヤニヤとした顔のミウラが、レンに生暖かい視線を送る。

それに便乗してシズカも同じような視線を放つ。

「まあまあ、いいじゃないですか。きっと私《わたくし》たちのも気合を入れて作ってくれますわ」

「ももも、もちろんだよ！　みんなのもちゃんと作るよ！　全力で！」

なぜか赤くなったレンがそんな決意表明をしている。あまり無理はしない方がいいと思うんだが。

「まあ、とにかく今日は第五エリアに入って、一番近くの町まで行くということで」

リゼルが今日の方針を確認する。それに対して異論はない。

まずは【怠惰】の第五エリアに続いている白い門のところまでいこう。

近くのポータルエリアに登録はしてあるから、そこからなら歩いていける。せっかくの新装備だが、その門のあるエリアは極寒《ごっかん》のエリアなので、防寒着を上から着ないといけないな。

僕らは万全《ばんぜん》の準備を整えて、白い門を目指してギルドホームにあるポータルエリアから跳《と》んだ。

◇　◇　◇

「おお……。意外とでかいな……」

　雪深く積もる峡谷《きょうこく》の間にその門はあった。確かに『白の扉《とびら》』と言うべき門がそこに存在している。

　峡谷を塞《ふさ》ぐようにそそり立つその門は、氷にところどころ閉ざされていて、まるで氷漬《づ》けになっているようにも見える。

　かなり高く、上の方がよく見えないほどだ。

　兎《と》にも角《かく》にも門の前までできた僕らは、門の真正面に魔《ま》法陣《ほうじん》のような紋様《もんよう》を見つけた。

　ダイヤル式の錠前《じょうまえ》のようにも見える、大きな丸い紋様が三つ、少しずつ重なっている。

　そしてそのそれぞれの中心に大きな鍵穴《かぎあな》が空いていた。

「ここに三つの鍵を入れるんですね」

「たぶんそうだろうな」

　レンが自分のインベントリからまず初めに手に入れた緑の鍵を取り出して、左下の鍵穴にガチャリと差し込んだ。

「よい、しょ、と……あっ、緑色に光りましたよ！」

レンがガキンと鍵を捻《ひね》ると鍵穴を中心とした魔法陣が緑色の輝《かがや》きを放ち始めた。

続けて右下の鍵穴に今度は青い鍵を差し込み、再びガチャリと回すと今度は右の魔法陣が青色に光った。

いや、正確には全て青く光ったわけじゃない。隣の緑の魔法陣と重なっているところだけ色が混じって空色に光っている。

最後に上の鍵穴に赤い鍵を差し込み、同じように回すと最後の魔法陣が赤く輝き、重なった三つの魔法陣が白を中心とした七色の光を放った。

これがセイルロットさんが言っていた光の三原色か。三つの光を重ねると白になるんだな。

赤、青、緑、赤紫《あかむらさき》、空色、黄色、そして白。七つのめくるめく眩《まぶ》しい光に目を開けていられない。

やがて光が収まったかと思ったら、目の前には春の野と思われるような光景が広がっていた。

青い空に雲が流れ、花に蝶《ちょう》が戯《たわむ》れる。ポカポカ陽気の春うららといった光景だ。

振《ふ》り向くと背後にはあの白い門がそびえ立っている。転送されたのか？　扉を開いてないけど……いいんだろうか、これで……。

「ここは……」

マップウィンドウを呼び出し確認すると、間違いなく【怠惰】の第五エリアに僕《ぼく》らは足を踏《ふ》み入れていた。

フィールド【ヒナタ平原】か。

「いきなり真冬から春だねぇ」

「暑い……。脱《ぬ》ごうっと」

リゼルの言葉にミウラが防寒着をインベントリにしまい、いつもの姿に戻った。みんなも防寒着を脱ぎ、いつもの見慣れた姿に戻る。

「確かここから南に少し行けば、【カグラ】という町があるはずです」

すでに情報サイトで情報を得ていたのか、ウェンディさんが南の方を指差す。

【カグラ】の町ね。神楽《かぐら》、かな？　さすがジパングフィールドと言われるだけあって、日本語っぽい響《ひび》きだな。実際は東洋フィールドなんだろうけども。

「よし、じゃあその【カグラ】の町に向かうとするか」

「はい！」

僕らは意気《いき》揚々《ようよう》と平原へと足を踏み入れ、第五エリアの冒険《ぼうけん》をスタートさせた。

■本名：因幡《いなば》　白兎《はくと》

■プレイヤー名：シロ　レベル44
【魔人族《デモンズ》】
【双剣使い《デュアルフェンサー》】

■称号《しょうごう》：【巨人殺し《きょじん》】
【駆《か》け出しの若者】【逃《に》げ回る者】【熊殺し】
【ゴーレムバスター】【ＰＫＫ】【賞金稼《かせ》ぎ】
【刃狼《じんろう》を滅《めっ》せし者】【グラスベンの守護者】

【骨竜《こつりゅう》を浄化《じょうか》せし者】【スノードロップを護《まも》りし者】
【契約者《けいやくしゃ》：セーレ】【リョートを護りし者】

■装備

・武器
双焔剣《そうえんけん》・白焔改
【ATK＋106】
双焔剣・黒焔改
【ATK＋106】

・サブ
双氷剣《そうひょうけん》・氷花
【ATK＋98】
双氷剣・雪花
【ATK＋98】

・防具
レンの着物（黒）
【ＶＩＴ＋６４　ＡＧＩ＋６１】
レンの襟なしシャツ（白）
【ＶＩＴ＋３２　ＬＵＫ＋２１】
レンの袴
【ＶＩＴ＋４１　ＡＧＩ＋１９】
レンの編み上げブーツ
【ＶＩＴ＋２９　ＡＧＩ＋４５】

・アクセサリー
レンのロングマフラー改
【ＳＴＲ＋２４　ＡＧＩ＋５６　ＭＮＤ＋１５　ＬＵＫ＋３６】
【耐寒《たいかん》40％】
レンの伊達眼鏡（黒）
【ＳＴＲ＋１５】

【VIT＋14】
【INT＋12】
【MND＋10】
【AGI＋16】
【DEX＋18】
【LUK＋16】
メタルバッジ（兎《うさぎ》）
【AGI＋16　DEX＋14】
ナイフベルト
【スローイングナイフ　10／10】
ウエストポーチ
【撒菱《まきびし》　200／200　十字手裏剣《しゅりけん》　20／20】

■使用スキル（10／11）
【順応性】【短剣術《たんけんじゅつ》】【分身】

【敏捷度UP（中）】
【心眼】【気配察知】【蹴撃】
【加速】【二連撃】【投擲《とうてき》】

■予備スキル（11／14）
【調合】【セーレの翼《つばさ》】
【採掘《さいくつ》】【採取】【鑑定】
【伐採《ばっさい》】【毒耐性（小）】
【暗視】【隠密《おんみつ》】【魔法耐性《まほうたいせい》・火（小）】
【挑発《ちょうはつ》】

■ジョブスキル
【双剣熟練】

■奥義《おうぎ》
【夜兎鋏《やとのはさみ》】

【首狩《くびか》り】

DWO:07:02　霧骸城攻略戦

【Game World】

「ここがカグラの町か……」

第四エリアから第五エリアへ抜《ぬ》けて、平原を少し南下した場所にその町はあった。

まずなによりも目を引いたのが大きな桜である。

町の入り口から確認できるほど、中心部にどデカい桜の木が生えていた。巨木《きょぼく》なんてレベルではない。世界樹か、と思うほどのレベルである。

町中にはらはらと桜の花びらが散ってはいるが、地面に落ちると不思議なことに溶《と》けるように消えてしまう。

ただ、水の上に落ちた桜だけはなぜかそのまま浮かんでいたが。

試《ため》しに空中で花びらを捕《つか》まえてみたが、ちゃんと手の上に残っていた。それを再び地面に落とすとやはり消えてしまう。どういうことなんだろうか。まあ地面に桜の花びらがわんさかあったら邪魔《じゃま》だし、掃除《そうじ》する手間も省けるからこの方がいいのかもしれないが。

町には運河のようなものが張り巡らされていて、赤い欄干《らんかん》の橋がいくつも渡されていた。瓦屋根の和風な建物がいたるところに建てられているが、まるでビル街のように高い建物が多い。ごちゃごちゃと組み合わされて、迷路《めいろ》のような印象を受ける。

「赤い鳥居がいろんなところにあるな」

「鳥居は本来、神域と俗世《ぞくせ》界《かい》を区画するものなのですけれど、結界という意味もあります。この町を守る防衛システムなのかもしれません」

僕の疑問に祖母の家が神社であるというシズカが見解を答えてくれた。

全部和風かというとそうでもなく、歩道には街灯が取り付けてあったり、煉瓦《れんが》造《づく》りのレトロな（中世ファンタジー世界からしたら近代的だが）時《と》計塔《けいとう》があったりする。遠くに神《しん》殿《でん》のようなものも見えるな。

かと思えば火《ひ》の見櫓《みやぐら》や五重の塔《とう》のようなものもあるし、事前情報の通り和洋折衷といった感じだ。

そこを歩くＮＰＣの人々も和風寄りな服装が多く、僕とシズカ以外のみんなは若干《じゃっかん》浮《う》いているように見える。

「とりあえずポータルエリアに行って登録しようよ」

うむ、ミウラの言う通り、まずはポータルエリアの登録だな。町中で死ぬなんてことは滅多《めった》にないと思うが、また白の門を通り抜けてここまで来るのは面倒《めんどう》くさい。

カグラの町のマップを確認し、ポータルエリアへと向かう。

僕らがやってきた北門のすぐそばにある広場にカグラのポータルエリアはあった。

広場の中心にはお稲荷《いなり》さんの像が渋谷《しぶや》のハチ公のように立っている。なんで？

町の中心にある巨大《きょだい》な桜以外にも町のそこら中に桜が咲《さ》いていた。これって年中咲いているんだろうか。ゲームの中で季節が巡るとは思えないから、咲いているんだろうなあ……。

「町中が鳥居の赤と桜のピンクだらけでちょっと落ち着かないな……」

「正確には鳥居の色は朱色《しゅいろ》です。朱色は魔除《まよ》けと言われてますから、モンスターから町を守る意味合いもあるのかもしれませんね」

シズカの説明になるほど、と納得《なっとく》する。色にもなにかしらの意味はあるのか。

登録を無事に済ませた僕らはカグラの町の散策を開始する。

「まずはご飯だよね！　どこかの店に入ろうよ！」

リゼルがテンション高く歩き出す。無理もないか。幻想種《ファンタスマゴリア》の件でかなりストレスが溜《た》まってそうだからなあ……。

少しでもストレス解消になればいいが、と思いつつ、僕もリゼルについていく。

やがて僕らは大通りの一角にあった、煉瓦造りのお洒落《しゃれ》なオープンカフェみたいな店に入ることに決めた。

「なんかメニューが古めかしいけど、これは仕様かな……」

「おそらく。雰囲気作りというやつだと思います」

僕がメニューを見て漏《も》らした感想にウェンディさんが答えてくれる。

だってさ、『ハムエッグス』とか、『ビーフスチユー』とか、書いてあるんだもん……。

たぶん、ハムエッグとビーフシチューだと思うんだけど。

とりあえず僕はビーフカツレツを頼《たの》んだ。

てっきりトンカツみたいなものが来るのかと思っていたが、来たのはトンカツよりも薄《うす》い感じのカツだった。

だけど衣《ころも》はサクッとしていて、肉は柔《やわ》らかく、ソースの味も絶品の一品だった。この店は当たりだったな。

食後に『林檎《りんご》ジュウス』を飲んでいると、マップを開いて近辺を確認していたリゼルが難しい顔をしているのが見えた。

「どうした？」

「うーん、この町けっこう広いなあと思ってね……。みんなでぞろぞろ歩くより、自由行動にした方がいいかなあ、と」

「賛成。私は鍛冶屋《かじや》に行きたいけど、レンの行きたい服飾店《ふくしょくてん》は逆方向だし」

リゼルの提案にリンカさんが乗る。まあ、なにかギルドでクエストをしているわけでもないし、今日は各々《おのおの》好きに行動でもいいかな。

レンとウェンディさんとリゼルは服飾店、ミウラとリンカさんは武器屋と鍛冶屋、シズカは神殿を見に行くらしい。

僕はというと特に行きたいところもなかったので、町中を散策しながらクエストを探そうかと思っていた。

まだこの町にはプレイヤーはあまり来ていない。ということは手付かずのクエストがまだ多く残っているということだ。NPCに関わったり、特定の場所を訪《おとず》れると始まる連鎖《れんさ》クエストもあるしな。

町を歩きながらそういったのを探すのも悪くない。

と、いうわけで、僕らは散開し、銘々《めいめい》で楽しむことに決めた。

みんなと別れた僕はとりあえず町の中心にある巨大な桜を目指し歩くことに決めた。

ところがこのカグラの町はかなり入り組んだ作りになっていて、真《ま》っ直《す》ぐに巨桜《きょざくら》のところへは行けないようになっているらしい。

カクカクとした細い道を曲がったり、階段を上ったり下りたり、まるでちょっとしたダンジョンだ。

建物は積み上げられたように高いものが多いから、視界も悪い。マップがなかったら間《ま》違《ちが》いなく迷子になるだろ、これ。

「高いところからの眺《なが》めはいいんだけどな」

僕は上ってきた階段の先にあった見晴らし台から見える街並みを眺める。

どうも巨桜のある町の中心にいくにつれて勾配《こうばい》がきつくなっているようだ。というか、もうここは巨桜の根の上にあるんじゃないだろうか。

そんなことを考察しながらさらに階段を上る。ここまできたら巨桜まであともう少しだ。

「おお……」

最後の階段を上り、巨桜の根本に到着《とうちゃく》する。あまりにもデカいため、真下から見る形になってしまうな。

空が桜色で埋《う》め尽《つ》くされて、思わず圧倒《あっとう》される。今更《いまさら》だが遠くから見たほうが眺めは良かったのかもしれない。

巨桜の根本は公園のようになっていて、ぐるりと囲むように円形の広場になっている。ベンチや四阿《あずまや》のようなものもあり、茶店《さてん》のようなものもあった。

NPCたちが普通《ふつう》に歩いてたり、四阿で話したりしている。巨桜に手を合わせて祈《いの》っている人もちらほらといるな。

ミヤビさんたちの話だと、NPCたちは自分たちの本星に近い環境《かんきょう》のフィールドで生活しているというが、この人たちも日本のような惑星《わくせい》の出身者なのだろうか。

「へい、らっしゃい。なんにしますか？」

とりあえず一休みしようと茶店の店先に置いてある長椅子《ながいす》に座《すわ》ると、奥《おく》から店の主人が出てきた。着物姿のいかにも町人といったお爺《じい》さんだ。

長椅子に置いてあった小さなメニューを手に取る。さっきビーフカツレツを食べたから食べ物はいいかな……でも団子くらいなら入るか？

「玄米茶《げんまいちゃ》とお団子ひとつ」

「あいよ。玄米茶に団子ね」

僕の注文を受けて店主が店の奥に戻《もど》っていく。

すぐに団子が三本載《の》った皿と、玄米茶の入った湯呑《ゆの》みが出てきた。団子三本でワンセットなのか。

団子は三色団子だった。ピンク、白、緑の団子が三つ串《くし》に刺《さ》さっている。

さっそく食べてみるともちもちしてなかなかうまい。玄米茶もなんかホッとする味だ。

「平和だなぁ……」

はらりはらりと舞《ま》い散る桜に思わずそんな呟《つぶや》きが漏れてしまった。遅い花見ができたな。今度みんなで来てみよう。

二本目の団子に手を伸《の》ばそうとした時、いつの間にか僕の両脇《りょうわき》に巫女《みこ》服姿の双子《ふたご》の子狐《こぎつね》がいることに気がついた。

ノドカとマドカである。

「君らいつ来た……」

「さっきです」

「さっきなの」

そう答えながら、彼女たちの視線は僕の持つ三色団子にロックオンしている。

僕はため息をひとつつくと残りの二本を二人にあげた。

「ありがとうです！」

「ありがとうなの！」

笑顔《えがお》になって団子を頬張《ほおば》る双子。追加でもうふた皿注文する。

「で、なんかあったのか？」

現実世界では僕のボディーガードらしいノドカとマドカは、『ＤＷＯ《デモンズ》』では比較的《ひかくてき》自由に行動している。基本的にはミヤビさんと同じ【天社《あまつやしろ》】にいるか、ミヤコさんの城、【シャンパウラ城】にいたりするのだが。

「案内しにきたです」

「案内しにきたの」

「案内？」

追加注文された団子を両手に持ちながらノドカとマドカがそんなことをのたまう。案内ってどこへ？

団子を食べ終えた二人が僕の手を取って走り出す。

引かれるままに僕もそれについて行くと、巨桜の広場から鳥居を潜《くぐ》って階段を下り、また別の通りへと二人は入っていった。

「おっと、これは……」

通りの角を曲がって見えた何基もの鳥居の連なりに思わず僕は圧倒される。

まるで伏見《ふしみ》稲荷《いなり》神社の千本鳥居のように、どこまでも朱塗《しゅぬり》の鳥居が並んでいるのだ。

くねくねと曲がった道のため、先が見えないな。

「この先です」

「この先なの」

ノドカとマドカが僕を案内したい場所とやらはこの先にあるらしい。

幽玄《ゆうげん》さの漂《ただよ》う鳥居の中を進んでいく。

なんとも不思議な感覚だ。どこか別の世界にでも連れていかれるような……って、『DWO《デモンズ》』自体、別世界のようなものなんだけどさ。

長い鳥居を抜けると、一面の桜が咲く庭園のような場所に出た。池の近くに金閣寺のようなものが建っている。

ただ、目の前の金閣寺は黄金ではなく、白銀に輝いていた。銀閣寺？　いや、銀閣寺は銀色じゃないよな……。

その建物は周りの桜の色が映り込《こ》んでうっすらと桜色に輝いて見える。というか、ここってシークレットエリアか？　どう考えてもカグラの町じゃないし、巨桜もいつの間にか見えない。

マップを呼び出して確認してみると、【桜閣殿《おうかくでん》】と表示されている。間違いない。ここはシークレットエリアだ。こんなにホイホイとシークレットエリアに入れるとは……。

いや、シークレットエリア自体が宇宙人サイドの個人的なプライベートエリアだとしたら、ノドカとマドカが自由に入れるのはわからんでもないんだけども……。

そのノドカとマドカに連れられて、金閣寺……いや、【桜閣殿《おうかくでん》】？　に足を踏み入れる。

ノドカとマドカが寝殿造《しんでんづくり》のような妻戸を開くと、がらんとした板張りの部屋があるだけで中には誰《だれ》もいなかった。

「シロお兄ちゃんを連れてきたです！」

「連れてきたの！」

二人が大声でそう言い放つと、今まで誰もいなかった室内に、一瞬にして十人もの人物が跪《ひざまず》いて現れた。

「御足労《ごそくろう》いただきありがとうございます、殿下《でんか》」

「で、殿下？」

突然《とつぜん》現れたグループの先頭にいた人物が顔を上げる。僕はその呼び方と、目の前の人物の左目にある眼帯を見て、この人が誰だかすぐに察した。

「ひょっとしてウルスラさん？」

「はい。こちらの姿ではお初にお目にかかります」

そう言ってウルスラさんが微笑《ほほえ》む。

【帝国《ていこく》】の諜報《ちょうほう》機関長官であるウルスラさんが『DWO《デモンズ》』をしているのは知っていたが、

まさかそのシークレットエリアに呼ばれるとは。

ウルスラさんは金髪《きんぱつ》だった髪《かみ》が銀色に、種族がおそらく狐《きつね》の【獣人族《セリアンスロープ》】であること以外は、【帝国】の宇宙戦艦《せんかん》で会った時と顔と姿は変わりなかった。

いや、あの時は軍服姿だったが、今は和服のような衣装《いしょう》に身を包んでいる。

他の人たちもだが、色は全体的に黒。動きやすい和風の衣装で、どことなく忍者《にんじゃ》っぽいんだが。くのいち？　もともと諜報機関の人たちらしいから似合ってはいるんだけどさ。

「えっと、今日はどういったご用件で……」

「『DWO《こちら》』でもご挨拶《あいさつ》をと思いまして。なにかお手伝いすることがございましたらお申し付け下されればと」

「いえいえ、大丈夫《だいじょうぶ》です！　あまりお気になさらず！」

僕はウルスラさんの申し出を丁重《ていちょう》にお断りする。

この人たちもおそらく『DWO《デモンズ》』ではVIP待遇《たいぐう》の人たちだと思う。NPCの中で、ということだが。

そんな人たちに手助けしてもらうのは、なんかズルをしているような気がするからさ。

あれ？　でもそのVIP最高位にいるミヤビさんと関わっている以上、今さらなのか……？

ミヤビさんからスキルオーブとかももらっているし、ボス戦のヒントとかももらったしな……。今さらか。

うん、まあ本当に困った時は助けてもらおう。

「とりあえずお茶でもいかがでしょうか。上に用意してございます」

「あ、じゃあ……」

断るのもなんなので誘《さそ》われるままに金閣寺……いや、桜閣殿《おうかくでん》の階段を上る。二階に上がり、そのまま三階へ。

四方にある妻戸と障子が開かれ、桜の花びらが混じった風が吹《ふ》いている。

中央にあった紫檀《したん》の机の前に座ると、正面にウルスラさんが、僕の両サイドにノドカとマドカが座った。

やがてウルスラさんの部下の方が湯呑み茶碗《ぢゃわん》を四つ持ってきて、それぞれの前に置く。

あれ？　湯呑みにお茶が入ってない。中には何やらピンク色のしわくちゃな物が入っているだけだ。

その器の中に急須《きゅうす》からお湯が注《つ》がれる。すると中に入っていた物がゆっくりと開き、桜の花となって湯の中に浮《う》かんだ。これって桜茶ってやつか？　桜の花を梅酢《うめず》と塩で漬《つ》けたやつだっけ？　初めて見るけど、本当に桜の花が入ってるんだ。

桜の香りが鼻孔《びこう》をくすぐる。ほのかに色付いた桜色のお茶を口に含《ふく》むと、少しの梅の酸味とかすかな塩の味がした。

桜の香りに梅の味が実にマッチしている。なかなかに美味《おい》しい。外の景色とも相まって、なんとも贅沢《ぜいたく》な気分だ。

「いいところですね」

「『DWO《デモンズ》』にNPCとして参加する際に、一部上流階級の者は個人のエリアが与《あた》えられるのです。基本的にプレイヤーは入ることができず、プライベートな空間ですから好きに作ることができるのですよ」

シークレットエリアのことか。ミヤビさんの【天社《あまつやしろ》】やミヤコさんの【シャンパウラ城】も個人の好みで作ったのかな。

あれ？　でもミヤコさんはNPCじゃなくてプレイヤーだよな？　あの城のあるシークレットエリアって、【星降る島】と同じくミヤビさんのものなんだろうか。

「我々は【帝国】の耳となる諜報機関の者です。身体《からだ》よりも心に傷を負うこともあります。このような場所で心を癒《い》やす時間も必要なのです」

ウルスラさんの言うことがなんとなくだがわかる気がする。

いろんな情報を扱《あつか》うってことは、見たくもない、聞きたくもない情報も扱わなければならないってことだ。その心の澱《おり》を溜め込んでいったらやがて心も病《や》んでしまうかもしれない。

それを浄化する癒《いや》しの空間は必要だろう。実際ストレス解消法がある人とない人では鬱《うつ》になる確率も大きく違《ちが》うらしいし。……最近のリゼルの姿を見ていると本当にそう思うよ……。

「もちろんここだけではなくて、フィールドに行って冒険したり、町に行って買い物をしたりと楽しんでいます。この景色を見ての通り、最近は【怠惰《たいだ》】の第五エリアを拠点《きょてん》としております。それで殿下になにかお力添《ちからぞ》えできたらと思いまして」

「なるほど……。あ、じゃあカグラ近辺の地図とかありますか？」

「ええ、ありますよ」

ウルスラさんが懐《ふところ》から取り出した巻物を机の上に広げる。

巻物には筆で詳細《しょうさい》な地図が描《えが》かれていた。おお……なんてレトロチックな……。

「ここがカグラでこっちが白の門ですね。西に行くと天羽《てんう》山脈、東にずっと行くと霧《む》骸《がい》城があります」

「霧骸城？」

「モンスターたちの居城ですね。ここらのモンスターはここの城主モンスターに統率《とうそつ》されています」

モンスターたちの城？　ダンジョンとかの城バージョンみたいなものか……？

まさか第五エリアに入って早々、攻城戦《こうじょう》をやらないといけないのか？

グリーンドラゴンの時みたいに町に攻《せ》めてきたりしないよな……？

けっこう距離《きょり》は離《はな》れているから今すぐカグラが襲《おそ》われるってことはないと思うけど……。

僕は目の前の地図を見ながらこれからの行動について考《かんが》え込んでいた。

◇　◇　◇

「穏《おだ》やかで優《やさ》しそうな方でしたね」

「あの苛烈《かれつ》な陛下の御子息《ごしそく》とは思えないですわ」

「そうか、お前らは地球に来てからの陛下を見たことがなかったのだな」

シロが【桜閣殿《おうかくでん》】から去って、部下の漏らした言葉にウルスラが反応した。

「なにか陛下に変化が？」

「うむ。なんというか……落ち着きが出たというか、どっしりと構えるようになられたというか……。威風堂々《いふうどうどう》としたところは変わらんのだがな。なにか楽しんでおられるようにも見える。その変化は殿下と出会ってからだと思うのだ」

千年と短い付き合いだが、【帝国】の女皇帝《こうてい》は以前に比べると丸くなったとウルスラは思う。昔は触《さわ》れば火傷《やけど》どころではなく、近づく者を蒸発させんばかりの怒《いか》りが滲《にじ》み出ていた。

かつて幾千幾万もの星々を滅《ほろ》ぼし、災厄《さいやく》の化身《けしん》とも言われた人物とは到底《とうてい》思えない。

「陛下は毎日楽しそうだ。我々の報告書を嬉《うれ》しそうに見ているからな」

実を言うと、白兎《はくと》が【龍眼《りゅうがん》】の継承者《けいしょうしゃ》とわかってから、ノドカとマドカ以外にも彼《かれ》には陰《かげ》ながらボディーガードが付いている。

その情報は諜報機関の長であるウルスラのもとに届き、その上の女皇帝であるミヤビのもとへ届くようになっているのだ。

つまり白兎の行動はミヤビに筒抜《つつぬ》けなのである。子を思う親心……なのかは怪《あや》しいところだが。

「陛下も初めは一族の者と知らなかったのですよね？　なぜそこまでお気にかけるようになったのか……」

「だからこそだ。陛下が気に入り、目をかけていた者が自分の唯一《ゆいいつ》の肉親だったのだぞ。溺愛《できあい》してもおかしくはあるまい」

ウルスラの言葉に今さら気が付いたように、一人の女性が小さく手を挙げる。

「あの、もしもですよ？　もしもあの方に何かあったら……」

「うむ。間違いなく陛下は烈火《れっか》の如くお怒りになられるだろうな。手を下した者の星や組織はもちろん、守れなかった我々も無事では済むまい。下手をすれば銀河が滅ぶ」

「まさか……」

「冗談《じょうだん》だと思うか？」

ごく、と誰かの唾《つば》を飲む音が大きく聞こえた。まさか銀河が滅ぶかもしれない爆弾《ばくだん》のスイッチが、こんなに身近にあるとは思ってもみなかったのだろう。

ウルスラの部下たちは自分たちがそのスイッチを守る存在だと改めて認識《にんしき》し、気を引き締《し》めることとなった。

◇　◇　◇

「なんでこんなの手に入れられるのよ」

「第五エリアに入ったその日にモンスターの拠点情報を手に入れるって、どんな強運なんだよ……」

「さすが調達屋ってことですかね……」

「まあシロ君だからね……」

「もう『シロ君だから』で納得しちゃうのが怖《こわ》いわ」

「言えてる」

ウルスラさんからもらった第五エリアの地図を、【星降る島】に遊びに来ていた【スターライト】の面々に見せたら口々にそんなことを言われた。いや、狙《ねら》って手に入れたわけじゃないんだけどね……。

「で、ここの霧骸《むがい》城ってところが、周辺モンスターたちの拠点になっているってのかい？」

【スターライト】のギルマスであるアレンさんが地図の一点を指し示す。森や沼《ぬま》などだいぶ入り組んだ地形の場所にその城はあった。

「えーっと、地図をくれたＮＰＣの人にそう聞きました。ここにいる城主モンスターに統率されてるって……」

「城主モンスター、ね。まさに戦国の城だな」

だよねえ。いや、実際に見てないから城なのかどうかはわからないけどさ。

「これって『城』という形をとったダンジョンなのかしら？」

「どうですかね。本当の『城』だとしたらかなり厄介《やっかい》ですよ。僕《ぼく》らだけで落とすことができるかどうか」

ジェシカさんの言葉にセイルロットさんが疑問を呈《てい》する。確かに本当の城だとしたら、かなりの数のモンスターがいるだろうし、中に入るだけでも苦労しそうだ。

そもそもこの城に近づくのも難しいぞ。地図の通りなら周りにモンスターの集落があるし、深い渓谷《けいこく》もある。天然の要塞《ようさい》だな、こりゃ。

「あれか、破城槌《はじょうつい》とか必要かもな」

「堀《ほり》に跳《は》ね橋《ばし》とかだったら無意味かもよ？」

ガルガドさんとメイリンさんがそんなことを話しているが、そこまでいったら本当に攻城戦じゃん……。僕らだけじゃとても無理なのでは？

「触《ふ》れずに無視、という手もありますが」

「確かに無理して落とす必要はないかもだけど……」

ウェンディさんの提案に、うーん、とリゼルが腕《うで》を組んで難しい顔をする。これは納得してない顔だな。

「他の誰かに先に攻略されるのも癪《しゃく》じゃない？　【エルドラド】あたりが躍起《やっき》になりそう」

「それは癪だな」

リゼルの言葉に思わず本音が口をついて出た。【エルドラド】のギルマスであるゴールディが攻略なんかしてみろ。ここぞとばかりに自慢《じまん》してきそうだ。

【エルドラド】はまだ第五エリアに来てはいない。まあおそらくだが、来週中には来るんじゃないかと僕らは睨《にら》んでいる。

霧骸城の情報をそう簡単に得られるとは思えないけど、【エルドラド】には斥候《せっこう》職も多くいるはずだ。数で探索《たんさく》されたら発見されるのも時間の問題だと思う。

「だけど僕らだけで攻略できますかね？」

「まずはその城を確認《かくにん》してからじゃないとなんとも言えないな。一度偵察《ていさつ》に行ってみた方がいいかもしれない。メイリン、頼めるかい？」

「オッケー。任しといて。【隠密】スキルを取っておいてよかったよ」

メイリンさん、【隠密】スキルを取ったのか。それなら偵察するのにピッタリだな。

僕がうんうんと頷《うなず》いていると、メイリンさんから呆《あき》れたような目を向けられた。

「いやいや、なに他人事《ひとごと》みたいにしてんの。シロちゃんも行くんだよ？」

「え⁉　僕も⁉」

「【スターライト】からは私が、【月見兎《つきみうさぎ》】からはシロちゃんが。適材適所でしょうが」

いやまぁ、それはそうなんですけども。

「よし、じゃあメイリン、シロ君と偵察を頼む」

「任せて！　この【隠密】コンビが敵の城をきっちりと調べてくるよ！」

アレンさんの言葉に、ドン！　とメイリンさんが薄い胸を叩《たた》く。いや、【隠密】コンビって。まんまだな。

◇　◇　◇

「うひょーっ！　速い速い！」

「あんまり暴れないで下さい……」

僕は背中ではしゃぐメイリンさんを背負いながら、街道《かいどう》を【加速】で走り続ける。

時折りモンスターとエンカウントするのだが、基本的にそのまま走り抜けて逃《に》げ切っている。余計な体力は使いたくないしな。

【加速】でMPが切れるたび、マナポーションを飲んで回復していたのだが、いちいち下りるのが面倒になってきたメイリンさんが、後ろから僕の口にマナポーションを直接突《つ》っ込み始めた。ちょっ、走りながら飲むのはキツいって！

そんなこんなで街道を爆走《ばくそう》していた僕たちは、やがて目的地である【霧骸山《むがいざん》】の手前に辿《たど》り着いた。げっぷ……。もうマナポーションは飲みたくない……。

街道から離れた奥深《おくぶか》い森の先、少し開けたところに小さな山が見える。そしてその小山の上には黒く怪しい和風の城がデンと聳《そび》え立っていた。あれが【霧骸城】か。

「完全に城だねえ」

メイリンさんの言う通り、遠目に見えるその城はまさに戦国時代の山城という感じだった。

山の麓《ふもと》には巨大な門が、中腹には二ノ丸のようなものがあり、山頂には石垣《いしがき》と天守閣がある。天守閣の天辺《てっぺん》には名古屋城よろしく金の鯱《しゃちほこ》まであるぞ。

完全に要塞じゃないか、こんなの。どうやって攻めろって言うんだ？

【鷹《たか》の目】スキルがない僕とメイリンさんは、カグラの町で売っていた『遠眼鏡《とおめがね》』をインベントリから取り出した。

霧骸山の手前にある山の中腹から、その遠眼鏡で二ノ丸のあたりを覗《のぞ》くと、城郭《じょうかく》の中にはいろんなモンスターたちがうろうろとしていた。

「うわあ……」

「多いなぁ……。ゴブリンにオーク、スケルトンもいるのか？　みんな落武者みたいな鎧《よろい》を着てるけど……」

見覚えのあるゴブリン、オーク、スケルトンなどが黒いボロボロの鎧を着ている。手にしているのは刀か？　こっちも刃《やいば》が欠けたりしていてボロボロだけど。

「うわ。シロちゃん、門のところを見て」

「門？　げ……」

メイリンさんに言われるがまま、麓の方の大きな門を覗き込むと、門番と言わんばかりに左右に巨大モンスターが配置されていた。牛の頭のモンスター？

「ミノタウロス？」

「いや、片方は馬だよ。牛頭《ごず》と馬頭《めず》ってやつじゃないかな」

メイリンさんの言う通り、門の左右に立つ門番は、筋肉ムキムキの牛の頭をした赤い肌《はだ》のモンスターと、同じく筋肉ムキムキの馬の頭をした青い肌のモンスターであった。

牛はトゲトゲのついた金属の棒、馬は先の割れたさすまたのようなものを手に持っている。

牛頭と馬頭って地獄《じごく》にいる獄卒《ごくそつ》じゃなかったか？　なんだ？　あそこは地獄か？

「たぶんモンスターを率いてるやつってのは天守閣にいるんだろうなあ……」

遠眼鏡で天守閣を見てみるが、窓には格子《こうし》が嵌《は》められている上に中は暗く、よく見えない。

あそこまで行くにはものすごく大変そうなんだが。

僕とメイリンさんは城にあまり近づき過ぎないように気をつけながら、周囲をぐるりと回った。

「【登攀《とうはん》】スキルがあれば裏手の崖《がけ》は登れそうだね」

「うーん……確かにあそこから攻め込めれば、門番の牛頭馬頭とは戦わなくても済むかもだけど……」

城の背面にある絶壁《ぜっぺき》を眺めながら、僕は思わず唸《うな》ってしまった。

だってあんな絶壁、登るだけでどれだけの体力とスタミナを消費するか。さらに言うなら【登攀】スキルもかなり熟練度が高くないと登り切ることができずに真っ逆さまだぞ……。

「ちなみに【月見兎《うさぎ》】には【登攀】スキル持ちはいないんだけど……」

「【スターライト《うち》】にもいない」

ダメやん……。いや、他のパーティも誘って、その中に【登攀】スキル持ちがいればいいのか。別働隊として背後から奇襲《きしゅう》をしかける役だ。

やはりこの規模だと【月見兎】と【スターライト】だけでは手に負えないな……。

フロストジャイアントを倒《たお》した時のギルドにまた声をかけて、みんなで攻略《こうりゃく》しないといけないか。

第五エリアに入って早々集団での攻城戦とは……。なんというかゆっくり楽しんでいられないような感じがするな。

いや、僕が周辺地図を手に入れなければこんなことにはならなかったのか……？

この城、かなり見つけにくいところにあるし、挑《いど》むとしてももっと後のことだったのかもしれない。

一瞬《いっしゅん》、頭に自業自得《じごうじとく》という言葉がよぎったが、いやいやいや、とそれを否定する。断じて僕のせいではない。……ないよね？

「あの城、火でもつければ燃えますかね？」

「いやー、どうだろ？　第三エリアの海賊船《かいぞくせん》みたいに破壊《はかい》不能なオブジェクトなんじゃないかな……。さすがに門とかは破壊できると思うけど」

門まで破壊できなかったら無理ゲーすぎる。そこは大丈夫だと思うけども。

となると、真っ向から攻めないといけないのか？　中は壁《かべ》というか塀《へい》で入り組んでいて、いろんな罠《わな》とかもあるんじゃない？　そう考えるとダンジョンと変わらんな……。

「壁をよじ登る方法もあるし、そこらへんは作戦次第《しだい》だと思う。とりあえずぐるっと回って周辺の様子を探《さぐ》ろうよ」

メイリンさんの指示に従って、僕らは気付かれないように【隠密《おんみつ》】スキルを使いながら、霧骸城の周囲を記録《マッピング》していく。

それと同時に城内をうろつくモンスターを見ていた時に、グールのような兵士が火縄銃《ひなわじゅう》のような物を持っていたことが気になった。

火縄銃……鉄砲《てっぽう》がある？　だとしたらさらに難易度が上がるぞ……。

一応こっちにも銃はあるが、フリントロック式の形をした魔導銃《まどうじゅう》が何挺《ちょう》かだけだ。

戦国時代とは違って魔法があるからそこまでの不利にはならないと思いたいが……。

「とりあえずこの情報を持ち帰ってみんなと作戦会議だね」

メイリンさんの言葉に僕は頷き、【セーレの翼《つばさ》】を使って本拠地《ギルドホーム》へと一瞬で帰《き》還《かん》した。

◇　◇　◇

「マジかよ……。本物の城じゃねーか……」

「山城……梯郭式《ていかくしき》か。ここが二ノ丸で、こっちが三ノ丸かな？　これはなかなか攻めにくそうな城だね」

「これってたぶんモンスターが城内でポップするんでしょうねえ。面倒《めんどう》くさそうです」

僕らが持ち帰った霧骸城のＳＳ《スクリーンショット》を見ながら【スターライト】のみんながそれぞれ唸る。

「うわー、門番のモンスターがいるよ！　強そう！」

「これってこのモンスターを倒せば門が開くんでしょうか？　それとも破城槌みたいなものが必要なのでしょうか？」

「どっちみち倒さないと通れないよね……」

レンたちはいかにも強そうな門番の牛頭と馬頭に唸っている。

持ち帰った霧骸城の情報にみんな戸惑《とまど》っているようだった。

ミウラが隣《となり》にいたセイルロットさんに尋《たず》ねる。

「こういう城ってどう攻めるの？」

「戦国時代なら兵糧攻《ひょうろうぜ》めとかでしょうか。取り囲んで食料が尽きるのを待つんです」

「ゲームのモンスターに兵糧攻めは無意味だろう……」

まあなあ。アレンさんの言う通り、敵モンスターが空腹になることはないだろうし。仮に空腹になったとしても、共喰《ともぐ》いとかしそうだけど。

「モンスターのポップする間隔《かんかく》ってどれくらいだ？」

「およそ半日かな。そのフィールドでの存在する限界値があるから、いま城にいるモンスターが最大値だと思う」

「えーっと、つまり？」

「一匹《ぴき》倒しても十匹倒しても、半日経《た》てば元の最大数に戻るってこと」

リゼルの説明を聞いて、倒した端《はし》から次々とポップするんじゃなくてよかったと思う反面、半日で全部攻略しなきゃならないのかよ、とげんなりした。

「どのみちこれは僕らだけでどうにかなるクエストじゃあないね。第五エリアにいる主だったギルドに連絡《れんらく》を取って協力を仰《あお》ごうと思うんだけど、【月見兎《そちら》】はどうかな？」

「はい。【月見兎《わたしたち》】も同じ考えです。みんなで協力してこの城を落としましょう！」

アレンさんの提案に【月見兎《うち》】のギルマスであるレンが興奮気味に頷く。

プレイヤーVSモンスターたちの集団戦か。

ああ、これってグリーンドラゴンと戦ったグラスベン攻防戦《こうぼうせん》と同じ構図なんだな。攻守《こうしゅ》が逆だけど。

グラスベンでは僕らが町を守り、今回はモンスターたちが城を守る。

守るのと攻めるのと、どっちが楽なんだろうかと僕はぼんやりと益体《やくたい》のないことを考えていた。

◇　◇　◇

第五エリアにいる知り合いのギルドに声をかけて、また【星降る島】に集まってもらった。

攻城戦に参加するギルドは、僕ら【月見兎】、それに【スターライト】、【六花《りっか》】、【カクテル】、【ゾディアック】、【ザナドゥ】のフロストジャイアントを倒した面子《メンツ》だ。

それにソロとしてフレンドの【雷帝《らいてい》】ユウとミヤコさんを誘っている。まあミヤコさんは城攻めには参加すると返事をもらえたが、作戦会議は遠慮《えんりょ》すると言われた。相変わらず人見知りが激しい。

第四エリアをクリアすると、【怠惰】の第五エリアか、【嫉妬《しっと》】の第五エリアに行くか選べるのだが、【怠惰】の第五エリアがジパングエリアとわかると、ほとんどのギルドがこちらにきた。

プレイヤーには日本人だけじゃなく海外勢もいるはずなのに、これがジャパネスクパワーなんだろうか。

この様子だと【暴食】の第四エリアからもこちら側に流れてくるプレイヤーは多そうだ。

「相変わらずとんでもないわ、シロちゃんは……。なんで第五エリアに入って早々、大規模イベント戦になんねん……」

「なんというか、流れで？」

「流れが激流すぎるわ」

呆れるトーラスさんとそんな軽口を叩く。激流にしたくてしてるわけじゃないんだが。

「フロストジャイアント戦の時とだいたい同じメンバーだとすると、全員で百人ちょっとね。この数で勝てるかしら？」

そう言って怪訝《けげん》そうな顔をしたのはこの中で一番ギルドメンバーが多い【ザナドゥ】のギルマスであるエミーリアさんだ。

確かに戦国時代の攻城戦だとしたら数が少な過ぎるように思えるよな。

「そこまで大きな城ではないし、やり方次第だと思うぞ。大砲《たいほう》とかの代わりになるものもあるしな」

【カクテル】のギルマス、【地精族《ドヴェルグ》】のギムレットさんが僕らが撮《と》ってきたＳＳ《スクリーンショット》を見ながらエミーリアさんに答える。

大砲の代わりになるものって【錬金術師《アルケミスト》】なんかが作る『炸裂弾《さくれつだん》』のことだよね？　確かにあれなら門とかを吹き飛ばせるような気もするけど。

「いや……たぶん城門は『炸裂弾』じゃ壊《こわ》せないと思う。おそらくだけど、この門番……牛頭と馬頭を倒さないと開かないんじゃないかな」

「あ、やっぱり？　わいもそんな気がするわ。こんなわかりやすい『門番』おらへんもんなあ」

アレンさんの考察にトーラスさんも同意している。ってことは、まずこの牛頭馬頭を倒さないといけないってこと？

「だけどこんな城門前で戦ってたら上から矢で射《う》たれるぞ。遠くから遠距離《えんきょり》で倒すか？」

「【精霊使い《エレメンタラー》】の魔法に【矢避《よ》け】の精霊魔法《せいれいまほう》ってありましたよね？　風属性の」

「あるけど効果時間が短いわ。だいたい五分ってところだし、銃までは防げないわよ？」

「あいつらの火縄銃っぽいし、水ぶっかければなんとかならないか？」

「ゲームの火縄銃をリアルと一緒《いっしょ》にしない方が……」

侃々諤々《かんかんがくがく》、皆《みな》で城攻めの意見を熱く言い合っている。

考えるのはギルマス陣《じん》に任せて、僕はその様子をぼーっと見てた。思考放棄《ほうき》だって？

違うね、適材適所ってだけだい。

「シロ君、貴方《あなた》の瞬間《しゅんかん》移動みたいなスキルでこの城の中へ入れたりしない？」

自主的に蚊帳《かや》の外にいた僕に、【六花】のギルマスであるリリーさんからそんな質問が飛んできた。

うーむ、フロストジャイアント戦で何度か【セーレの翼】を使ったからなあ。そりゃバレるか。単に短距離《たんきょり》を瞬間移動するスキルみたいに思われてるっぽいけども。

「えーっと……たぶんできます」

塀の中へビーコンの羽を投げ入れて転移すればいいんだからな。不可能ではない。なにせ領国を跨《また》いで転移できるスキルなんだから、塀の一つや二つなんてことはない。

なんてことはないが、よくわからん敵地に単独で乗り込むのはかなりリスキーだと思うんですが。

「でも一人だけ中に入ってもやられるだけよ？」

「うーん、そうだよねぇ……」

妹のアイリスにそう言われて、リリーさんが考え込む。いや、パーティ組めば多人数転移できるんですけどね……。ややこしいことになりそうだから黙《だま》っとこ……。

それを知っている【スターライト】の面々も沈黙《ちんもく》を守ってくれている。

「ピスケ、投石機《カタパルト》みたいなもん作れへんか？」

「か、投石機《カタパルト》？　つ、作れないことはないと思うけど、あの城壁《じょうへき》は破壊不能なオブジェクトだって……」

「城壁は壊せんでも、中にいる雑魚《ざこ》モンスターに当たれば御《おん》の字《じ》やろ。インベントリを使えば岩なんて山岳《さんがく》エリアからいくらでも持って来られるわけやし」

なるほど。城の中に巨石《きよせき》の雨を降らせるわけか。【建築】スキルを持つピスケさんなら投石機《カタパルト》の一つや二つ簡単に作れるだろう。

インベントリに入れれば巨大《きよだい》な投石機《カタパルト》も持ち運ぶのは簡単だ。ここらへんリアルだと大変なんだろうけど。

「まあ、味方が城内に入った後は撃《う》てへんけどな。あ、シロちゃんを投石機《カタパルト》で飛ばすってのはどや？」

「却下《きやつか》で」

なにを言い出すのか、このエセ関西商人は。確かにフロストジャイアント戦で似たようなことをやったけれども。

なんかさっきから僕を敵陣《てきじん》の真《ま》っ只中《ただなか》に突っ込《こ》ませようとしている気がしてならないんだが。

「まあ、城門を破って、三ノ丸、二ノ丸、そして本丸に攻め込むってのが正攻法《せいこうほう》だけど……」

「それとは別に【登攀】持ちによる背後の崖から奇襲をしかける別働隊も必要だな」

「やっぱり飛び道具に対しての防御《ぼうぎょ》を考えないと……」

再び侃々諤々《かんかんがくがく》、城攻めの話し合いが始まる。

本当の戦国時代もこんな風に武将同士で話し合ったりしたのかな。

歴戦の武将とかならこういった城攻めに詳《くわ》しいのだろうか？

不意に【帝国】の母艦《ぼかん》で会った帝国軍の元帥《げんすい》であるガストフさんを思い出した。あの人なら戦略とかそういったことに詳しいかもしれない。話を聞いてみるか……？

……いや、ウルスラさんが脳筋とかなんとか言ってた気がするし、あの人たぶん戦略とか必要ないレベルの強さだろ……。なんか『突っ込んで片《かた》っ端《ぱし》から倒せばいいのでは？』とか言いそうだ。うん、やめとこ。

とりあえず回復アイテムとかまた作らないといけないなあ。フロストジャイアント戦でけっこう使ってしまったからストックが心許《こころもと》ない。霧骸城に行くのにマナポーションもけっこう使ってしまったし。

戦争の勝敗は準備段階で決まると孫子も言っているし、しばらくはまた下準備を整えないとな。

◇　◇　◇

「い、一応、これが投石機《カタパルト》です」

「「「おおー」」」

ドン！　と【星降る島】の砂浜《すなはま》に置かれた投石機《カタパルト》を見て、みんなが歓声《かんせい》を上げた。

けっこうでかいな。台座の中央に丸太のようなものがあり、そこに左右からロープがぐるりと巻かれている。ロープの先はそそり立つ板バネのような物の先に取り付けられ、丸太からは長いアームが伸《の》びていた。

アームの先はスプーンのような形状をしているので、ここに石を載《の》せるのだろう。

「そんでどうやって使うんや？」

「ま、まずはこのクランクを回して……」

トーラスさんがせっつくように説明を求めると、ピスケさんが投石機の横にあるクランクを回し始めた。

何回か回すごとにガチッ、ガチッ、と中央の丸太が少しずつ回り、それに取り付けられたアームが持ち上がっていき、ロープで繋《つな》がれた左右の板バネがしなっていく。

クランクを回していたピスケさんだったが、途中《とちゅう》でへばってしまい、ガルガドさんが後を引き継《つ》いで回していた。うーむ、それなりに力がいるようだ。

やがてアームが完全に反対側まで倒れ込むと、ピスケさんはアームスプーンの先にバランスボールほどの大きな岩をインベントリから取り出して載せた。

「こ、これで発射準備完了《かんりょう》です。後はそこのレバーを手前に倒せば発射します」

なるほど、仕組み自体は簡単なんだな。左右に立った板バネが戻《もど》る力でアームを振《ふ》るわけだ。

「じゃあ発射は……」

「はい！　あたしやりたい！」

と、手を挙げたのはミウラだ。まあ、ただ単にレバーを引くだけなので問題はないか。

一応、アームのそばにいて巻き込まれてしまうと危ないので、僕らは距離を取る。

「いっくよー！　発射っ！」

ガゴン！　と何かが外れる音がしたと思ったら、アームが勢いよく前の方へ吹《ふ》っ飛んでいき、スプーンに載せていた岩が勢いよく海の彼方《かなた》へと飛んでいった。

海の遥《はる》か遠くの方で水飛沫《みずしぶき》が上がる。すごいな、何メートル飛んだんだ、あれ……。

「これはすごいな。あんな岩が飛んできたらひとたまりもないね」

アレンさんが岩が飛んでいった海の方を眺《なが》めながらそんな感想を漏《も》らす。

「なんで日本の戦国時代とかでは使われなかったんですかね？」

「日本の地形は起伏《きふく》が激しく、こんな大きな物を輸送するのには適していないんですよ。馬車なんかが発展しなかったのも同じ理由です。戦国時代は山城が多かったですからね、インベントリでもないとそこまで運べませんよ。運んでいるうちにやられます」

僕の疑問に【スターライト】の分析《ぶんせき》博士、セイルロットさんが答えてくれた。なるほど、輸送の問題か。

ヨーロッパ《むこう》じゃ古代ローマ時代にはもう道路が整備されていたっていうしな。『全ての道はローマに通ず』だっけか？

「だけどこれって大体同じ場所にしか攻撃《こうげき》できないよね？」

「インベントリに一旦《いったん》しまって、場所を変えてまた打つしかないかしら？」

「そうなると大きな岩を一つ投《な》げ込むよりも、小さな岩をたくさん投げ込んだほうが効果がありそうだな」

「石の雨だね。単体でのダメージは少なくなるけど、その方が全体的に与《あた》えるダメージは大きいだろうな」

「だとすると飛距離《ひきょり》の計算が……」

戦略班（と、僕が勝手に呼んでいるだけだが）が、また額を集めてなにやら相談している。

今回の霧骸城攻略戦は、作戦立案をする攻略班、必要なアイテムなどを揃《そろ》える輜重《しちょう》班、そして実際に前線に立つ戦闘《せんとう》班の三つにだいたい分かれる。

この中だと僕は戦闘班であるのだが、アイテムを用意する輜重班でもある。ポーション、ハイポーション、マナポーション、毒消し、麻痺《まひ》消しなど、回復系のアイテムをこのところずっと作りまくっていた。

おかげで【調合】スキルの熟練度がだいぶ上がったよ。

だけど【調合】ばかりしているわけにもいかん。第五エリアにいるモンスターとの戦闘にも慣れておかないと。

と、いうわけで、次の日は第五エリアでレベル上げをすることにした。場所はカグラの町のすぐ近くにある【鎮守《ちんじゅ》の森】だ。

「シロ兄ちゃん、一匹《ぴき》そっち行った！」

「任せろ！」

僕は両手に持つ双剣《そうけん》を握《にぎ》り直し、向かってくる敵を見据《みす》える。

『ギギッ！』

ボロボロの武者鎧を着たゴブリンが槍《やり》を構えてこっちへと向かってくる。

突っ込んでくる落武者ゴブリンに対し、僕は装備している眼鏡でゴブリンの弱点を看破した。肩《かた》、か。

ゴブリンの槍を躱《かわ》し、背後へと回り込んで戦技を放つ。

「【ダブルギロチン】」

『グギャァ⁉』

ゴブリンの両肩《りょうかた》から真っ直《す》ぐに左右の双剣を振り下ろす。

そのまま落武者ゴブリンは光の粒《つぶ》となって消えた。

ふむ、この眼鏡はけっこう使えるな。

「【双烈斬】！」

落武者ゴブリンをミウラが大剣《たいけん》の二回連続斬《ぎ》りで見事仕留めた。フロストジャイアント戦で手に入れた奥義《おうぎ》技だな。

光の粒となり、最後のゴブリンが消え失《う》せる。

「よし、快調快調！」

ミウラが暴風剣《ぼうふうけん》『スパイラルゲイル』を肩に担《かつ》ぐ。

鎧武者姿に陣羽織《じんばおり》。そしてウサギマフラー。ミウラの装備はレンの新作に一新されていた。

まるで戦国時代の若武者のようだ。いいなあ、僕もそういうのが良かった。いや、書生装備も悪くはないんだけども。

「新しい装備はどうだ？」

「完全に金属の鎧ってわけじゃないからそこまで重くないし、動きの邪魔《じゃま》にもならないから使いやすいよ！」

「なら兜《かぶと》も被《かぶ》ればいいのに」

「うーん、あれはちょっと……」

僕の言葉にミウラが難色を示す。

陣羽織や武者鎧の布地はレンが作ったのだが、鎧の板金部分や兜はリンカさんが作った。

その兜というのが戦国時代の武将の兜を参考にしたものだったのだが、兜の左右から大きな牛のような角がかなり長く延びたものだったのだ。

これにはミウラも『邪魔になる』と装備するのを拒《こば》み、それを作ったリンカさんの方も『やっぱり？』と失敗を認めた。

結局その兜はトーラスさんが買い取ったらしい。あんな兜、装備してたら周りが迷惑《めいわく》しそうなんだが。頭を敵に向けて突っ込んでいくのかね？　うまくいけば串刺《くしざ》しにできそうではあるけども。

「シロ兄ちゃん、【首狩《くびか》り】は試《ため》してみたの？」

「試した。けど、全部失敗したよ」

落武者ゴブリンって意外とレベルが高いのか？　それとも単に僕が一〇％の確率を引いていないだけか？

【魔獣学《まじゅう》】【魔獣鑑定《かんてい》】を持っていない僕には相手のレベルまではわからない。これは個体個体で違《ちが》うからな……。レベルが高い＝強いでもないから、判断しようがない。やっぱり単に運が悪いだけかな……。

相手がレッドゾーンに突入《とつにゅう》すれば一〇〇％の確率で発動するけど、ゴブリンくらいだと普通《ふつう》に攻撃してもレッドゾーンだから一撃《いちげき》で死ぬよなぁ……。

【首狩り】にも熟練度があるから、上げるためには【首狩り】で倒した方がいいのはわかっているんだけど、そのためにST《スタミナ》を大きく消費するのはどうなんだ？　とか考えてしまう。

　そもそも、エンカウント→とりあえず【首狩り】→失敗→普通に戦って相手をレッドゾーンに→【首狩り】→成功、の手順でやるとものすごくSTが減り、その後の狩りに影響《えいきょう》を及《およ》ぼすため、効率が悪いのだ。

　STポーションを飲めばすぐに回復するけど、こっちはこっちでコストが悪いし。

【首狩り】が失敗しても微々《びび》たるものだが熟練度は入るっぽいし、毎回やった方がいいんだが、STがないと戦技が使えないから、戦闘が面倒くさくなる。

　これ、LUK（幸運度）が上がるアクセサリーとかをめちゃくちゃ着けた方が効率いいんではなかろうか……。

　まあ、あまり【首狩り】《これ》ばかりにこだわっても仕方ないよな。

「あ、リゼル姉ちゃんとシズカだ」

　ミウラの言葉に振り向くと、こちらへリゼルとシズカがやってくるところだった。

　僕らは一緒に戦っていたのだが、アタッカーのゴブリンたちのヘイトがリゼルに向いたため、【挑発《ちょうはつ》】して僕とミウラが遠くまで引っ張っていたのだ。

やってきた二人も新しい装備に身を包んでいる。

シズカの方はあまり前と変わらない巫女《みこ》装備だが、リゼルの方は前に言っていた『陰陽師』みたいなやつではなく、普通（?）の和風衣装《いしょう》だった。

上は着物のようであるが、下はスカートである。和洋折衷《わようせっちゅう》、アレンジを加えた、という感じだろうか。二人ともウサギマフラーを装備している。

「そっちはどうなった?」

「なんとか倒せたよ。『落武者ゴブリン』だけじゃなく、『呪術師《じゅじゅつし》ゴブリン』なんて、そんなところまで和風なんだね」

呪術師ゴブリンってのは、まあ言ってみれば魔法を使ってくるゴブリンメイジのことだ。

もちろん第四エリアまでに出てくるゴブリンメイジとは段違《だんちが》いに強い。

どうも第五エリアの敵は、今まで出てきたモンスターを、和風、あるいはオリエンタルアレンジしたモンスターが多い気がする。

あと妖怪《ようかい》系? カマイタチとかカラカサとか? 飛頭蛮《ひとうばん》ってのは純粋《じゅんすい》に怖《こわ》かった。鬼《おに》みたいな生首が、叫《さけ》びながら飛んで来るんだよ。

レンとかミウラが『ひぃ!?』って怯《おび》えてたからな。無理もない。僕《ぼく》でさえちょっとビビったし。

シズカは全く臆《おく》することなく飛頭蛮を薙刀《なぎなた》で倒していたけど。

「レベル上がった？」

「やっと45になった。そっちは？」

「私も45。さすがになかなか上がらなくなってきたね」

現在、【月見兎《うさぎ》】のメンバーのレベルは、僕がレベル45、レンがレベル48、ミウラがレベル44、シズカもレベル44、ウェンディさんがレベル47、リンカさんがレベル49、そしてリゼルがレベル45、とみんな40台だ。

レンとリンカさんのレベルが高いのは、生産経験値も入っているからだろう。ウェンディさんが少し高いのは【料理】スキルの経験値だと思われる。

僕も【調合】という生産スキルを持ってはいるのだが、基本的に生産経験値というのはあまり多くはない。

レンやリンカさんみたいに、毎日コツコツと作っている者と、たまにバーッとしか作らない者とのレベル差が出ているなあ。

ウェンディさんの【料理】なんかも、支援効果《バフ》のためとかじゃなく、普通に美味《おい》しいものを食べるために毎日作ったりもするし、比較的《ひかくてき》経験値が得やすいスキルだ。

一回も町の外に出て戦ったことがない【料理】スキル持ちの高レベルプレイヤーなんてのも普通にいたりする。

そういう人は毎日料理をするためだけに『DWO《デモンズ》』をやっていたりするんだろうな。まあ楽しみ方は千差万別《せんさばんべつ》。それもアリなのだろう。

『DWO《デモンズ》』の場合、レベルはあくまで指標でしかないから一概《いちがい》に強さとは言えないけど、単純に、HP（生命力）、MP（魔力《まりょく》）、ST（スタミナ）の最大値は増えるから上げといて損はない。

城攻《しろぜ》めはおそらく短期戦になると思う。半日経ったらまた敵がポップしてしまうからな。戦いながら奥《おく》へ奥へとぐいぐい進んでいかないと、あの城は落とせない。

だけど正面突破《とっぱ》だけじゃなくて、裏口からも潜入《せんにゅう》を試みる予定になっている。

【登攀】スキル持ちが主軸《しゅじく》となって、城の裏にある断崖絶壁《だんがいぜっぺき》を登って奇襲をかけるのだ。

そのため、【登攀】持ちのプレイヤーは今、スキルの熟練度を上げるため山登り……いや、ロッククライミングに明け暮れている。

それほど数はいないから、少数精鋭《せいえい》での襲撃《しゅうげき》になるだろうな。

まずあの崖を登るだけの熟練度とST《スタミナ》が必要だから、みんな苦労していると思う。霧骸城攻略のために頑張《がんば》ってほしい。

レベル上げを終え、『星降る島』へと帰還すると、ウェンディさんが、これでもかとばかりにテーブルいっぱいに料理を並べていた。

パエリア、ピッツァ、ケバブ、麻婆豆腐《マーボーどうふ》、トムヤムクン、ナシゴレン、ロコモコ、タコス、ガレット、カレー、ボルシチ、ハンバーガー、チーズフォンデュ、そして寿司《すし》と、その他にも様々な国の料理が並んでいる。

「うわぁ、すごいご馳走《ちそう》！」

「こんなに作ったんですか？」

「ええ、どんな料理がどんな支援効果《バフ》があるか細かく調べておかないといけませんし。役割ごとに食べる物を変えた方がいいでしょう？」

確かにそうなんだが……。作りすぎじゃない？

【料理】スキルで作った料理の支援効果《バフ》は作る人や素材によって違ったりする。

例えばこのハンバーガーだって、チーズバーガーとチキンバーガーではそれぞれ効果が違う。

ウェンディさんが作った物と、他の【料理】持ちが作った物でもわずかに違うのだ。

だからそれをきちんと把握《はあく》しておくことは間違《まち》いではない。間違いではないのだが……。

「こんなに一気に作ることはなかったんでは……」

「同じ素材を使うなら違う料理を作った方がいいですし、手間も省けますから」

うーん、目玉焼きと卵焼きをどうせ作るなら、同時に作った方がいいってことなんだろうけども。

ウェンディさんがなぜか鎧《よろい》の上からしていたエプロンを外す。

ウェンディさんの装備はミウラと同じく和風鎧だが、ミウラほどがっつり装備しているわけではない。基本的に部分鎧であるが、肩の大袖《おおそで》と呼ばれる部分鎧が特に大きい。盾職《タンク》らしく防御に重点を置いた装備なんだろう。

だけども料理するときは外した方がいいと思う。

「ねえねえ、これ食べてもいいの？」

「構いませんが……。食べた者はどんな支援《バフ》効果が付いたか記録してもらいますよ？」

「それくらいお安い御用《ごよう》！　いただきまーす！」

「あっ、リゼル姉ちゃんズルい！　あたしも！」

リゼルが麻婆豆腐に手を伸ばし、負けじとミウラがケバブに手を伸ばす。

僕もちょっと美味しそうだな、と思っていたピッツァに手をつけた。

美味《うま》い。マルゲリータだな。単純な味だけど妙《みょう》に後を引く。やっぱりチーズとトマトのコンビは相性抜群《あいしょうばつぐん》だなぁ。

パラメータは、っと……攻撃力《こうげきりょく》5%上昇《じょうしょう》、防御力《ぼうぎょりょく》3%上昇、か。そこまで高くはないな。たぶん、材料にこの島のものが使われていないからだと思う。マルゲリータじゃなく、この島の森で獲《と》れた鳥肉とか、海で捕《つか》まえたカニとか載ってたら違ってたかもしれない。

……ひょっとしてこの島で野菜や米なんかを栽培《さいばい》したらそれも高い効果が付くのだろうか。

そんなことをウェンディさんに伝えると、

「可能性は高いですね……。そうなってくると、【農耕】【栽培】スキルあたりが必要になってきますが……」

そっちの生産スキルかー。一からやるより、そのスキル持ちのフレンドプレイヤーに土地を貸して作ってもらう方がいいのかな?

いや、この土地はあくまでもミヤビさんから借りている土地だ。あまり勝手なことをするわけにもいかないか。

「スキルがなくても野菜とかは育てられるんだよね?」

「一応できるはずです。ただ、補正がないのでそれこそ農業知識がないと難しいかもしれませんが」

うーむ、素人《しろうと》でも簡単に作れる野菜ならいけるか……？　はつか大根とか、かいわれ大根とか……大根ばっかりだな。

「ミニトマトとかなら作れると思いますよ。学校でも作りました」

「ああ、ミニトマトか。それはいいな」

シズカの言葉に僕は気を良くした。ミニトマトならピッツァにも載せられるよな。

……でもミニトマトの苗《なえ》って『DWO《デモンズ》』にあるの？

「確かあったはずです。【栽培】持ちのプレイヤーが育てたやつなら売っていたと思いますよ」

じゃあそれを買って裏庭にでも植えてみるか。スキルも何もないから時間はかかるだろうけど……。

「そういやレンは？」

「お嬢様《じょうさま》なら砂浜の方で……」

ミウラの質問にウェンディさんが答えようとしたとき、浜辺《はまべ》の方からパーン、と乾《かわ》いた音が聞こえてきた。銃声《じゅうせい》？

外に出てみると、今までの装備を和風にしたような衣装にウサギマフラーを纏《まと》ったレンが、両手で銃を構え、砂浜に立てた的へ向けて引き金を引いていた。

構える銃は相変わらずフリントロック式っぽいのに、どこかスチームパンクな雰囲気《ふんいき》もあった。なんで圧力計みたいなものが付いているんだ？　空気銃《くうきじゅう》か？

「銃身《じゅうしん》が長いね」

「ライフルかな？」

ミウラとリゼルの言う通り、レンの構える銃は銃身が長かった。火縄銃《ひなわじゅう》っぽくも見えるな。あれは魔力の弾《たま》を打ち出す『魔導銃』だから火縄銃ではないんだけれども。

レンは遠距離《えんきょり》攻撃《こうげき》主体だから、そりゃライフル系の方がいいよな。スナイパーだ。

【スナイパー】ってジョブ、あるんだろうか。銃があるんだからありそうな気はする。

パーンッ、と破裂音《はれつおん》がして砂浜に立てていた的の中央に穴が空く。あの距離《きょり》で当たるのか。すごいな。

「ん。問題ない？」

「はい。ズレた照準が直ってます。問題ないです」

リンカさんにそう答えてレンが銃を下ろす。魔導銃を使い続けた結果、レンは【銃の心得】というスキルを手に入れた。もっと極《きわ》めていけば、銃の戦技も会得《えとく》できる筈《はず》だ。

「あ、シロちゃんのもできてるよ」

「え？　ああ、新しい武器ですか？」

僕の方を見て思い出したようにリンカさんがインベントリから何かを取り出す。

そういや、第五エリアに来たし、そろそろ新しい武器が欲《ほ》しいとは言っておいたんだけど、まさかそんなすぐに作ってくれるとは。素材はAランク鉱石をいくつか渡《わた》しておいたんだけど、みんなの防具もあるし後回しになるかと思ってたんだが。

「はい、これ」

「これは……」

リンカさんが差し出してきた双剣はいささか奇妙《きみょう》な形をしていた。

直線に近い短筒《たんとう》のような魔導銃《まどうじゅう》に片刃《かたは》の刃《やいば》が取り付けられている。持ち手のところに引き金もあるぞ。え、これ撃てるの？

「おそらく『DWO《デモンズ》』で初めてのガンブレード。双銃剣《そうじゅうけん》『ディアボロス』」

ドヤ顔で語るリンカさんから渡された二本の短剣は僕の手の中で鈍《にぶ》い光を放っていた。

【双銃剣　ディアボロス】　Xランク
ＡＴＫ（攻撃力）＋１３４
耐久性《たいきゅうせい》21／21

■魔力弾《まりょくだん》と魔法弾《まほうだん》を放てる短銃剣。
　魔法弾装弾《そうだん》数０／６
□装備アイテム／短剣
□複数効果あり／二本まで
品質：Ｓ（標準品質《スタンダード》）
■特殊効果《とくしゅこうか》：
　５％の確率で【呪い《のろ》】を付与《ふよ》。

【鑑定《かんてい》済】


「リンカさん、コレなんか【呪い】付与とか書いてあるんですけど……」

「【呪い】は状態異常の上位種類。【眠《ねむ》り】なら【昏睡《こんすい》】、【麻痺】なら【石化】とかがランダムで相手に付与される特殊効果」

　ああ、状態異常を相手に発動させるってことか。この剣自体が呪われているってわけじゃないのね。

ていうか、そんな【呪い】を与える剣なんて呪われているとしか思えないが。

【呪い】の種類も【猛毒《もうどく》】【発狂《はっきょう》】【恐怖《きょうふ》】【洗脳】【失明】【即死《そくし》】と禍々《まがまが》しいもののオンパレードだ。【洗脳】ってなんだよ……。モンスターを操《あやつ》れるのかね？　まったく悪魔《ディアボロス》とは言い得て妙だな……。

発動確率は５％と高くはないから、そこまで有効ではないかもしれないけどさ。

「んで、これって魔法弾も撃てるんですか？」

「シロちゃん自身のＭＰを使って撃つ魔力弾と、あらかじめチャージされた魔法弾のどちらかを切り替《か》えて撃てる」

チャージされた属性弾を撃てるんじゃないのか。

リンカさんに言われるがまま、海へ向けて引き金を引くと、先ほどのレンと同じく魔力の弾丸《だんがん》が勢いよく発射された。

「けっこうＭＰが減りますね」

「シロちゃんはＩＮＴ《インテリジェンス》やＭＮＤ《マインド》が低いから変換《へんかん》効率が悪い。それは仕方ない」

うーむ、あくまで補助として使った方がいいということか。ＩＮＴが低いから威力《いりょく》もそこまで高くないみたいだしな。

僕のＭＰ最大値だと、撃てて六発がいいところか。

「魔力弾はわかりました。んで、こっちの魔法弾ってのは？」

「リゼル、ディアボロスを持って【ファイアアロー】を発動して」

「え？　いいけど……」

ディアボロスを渡されたリゼルがそれを持って【ファイアアロー】を発動すると、ディアボロスの側面にあった六つの小さな宝玉のうち、一つが赤く輝《かがや》いた。

魔法弾装弾数が1／6になってる。これでチャージしたってことなのか。

「これで魔法弾に切り替えれば【ファイアアロー】が撃てる。威力はリゼルの【ファイアアロー】と同じ」

おお！　これは使えるんじゃないか？　あらかじめチャージしておけば、僕も魔《ま》法《ほう》を撃てるってことだろ？

「ただし一度撃つと丸一日はチャージできない。つまり一日に六発しか撃てない」

う、うーん、一日に六発か……。まあ、それでもかなり使える……よな。こっちは僕のMPを使うわけではないし。実質、タダで【ファイアアロー】を六発撃てるわけだし。いや、左右合わせれば十二発か。これはけっこうすごいんじゃないか？

「私のMPはしっかりと減るんだけど」

「そこはリゼルさんが暇《ひま》な時にチャージして下さればですね……」

ちょっと呆《あき》れたような目を向けてきたリゼルから目を逸《そ》らしながらそう答える。何も戦闘とかない日にチャージしてもらえばいいかなと……。ＭＰも休めば自然回復するわけだしさ……。

「これってどんな魔法もチャージできるの？　【ファイアボール】とか、【ファイアストーム】なんかも？」

「それは無理。初級魔法の熟練度が低い魔法に限定される。せいぜいアロー系くらいまで。でも回復魔法もチャージできる」

回復魔法もチャージできるのか。【ハイヒール】くらいなら撃てるらしい。

と、なると、投擲《とうてき》ポーションよりも使えるか？　いや、向こうのほうが残弾《ざんだん》数に限りはないしな。……限りはあるけれども。

「それとチャージした順番にしか撃てない。つまり、【ファイアアロー】、【サンダーアロー】、【ハイヒール】という順番でチャージしたら、【ファイアアロー】と【サンダーアロー】を撃ち終わらない限り、【ハイヒール】を撃てない」

うーむ、それなりにデメリットはあるんだな……。そうなると六発全部同じ魔法の方が使いやすいか。

状況《じようきよう》に応じてチャージする魔法を変えた方がいいとは思うけども、チャージできるのは初級で覚える魔法の一部だからな。切り札とはなるまい。

魔力弾から魔法弾に切り替えて、海へと向けて引き金を引く。

短筒の先から【ファイアアロー】が発射され、海の彼方《かなた》へと消えていく。リゼルが放つ【ファイアアロー】となんら遜色《そんしょく》ないな。威力はそのままみたいだ。

「これって魔法職じゃなくても魔法を使えるアイテムを作れるってことだよね⁉　量産したらすごくない⁉」

「……お金と労力をかければできなくはない。ちなみにシロちゃんのそれを作るための素材探しにどれだけの苦労がかかっているか今ここで説明する？」

フッ、と乾いた笑いを浮《う》かべたリンカさんに軽い考えを口にしたミウラが少し息を呑《の》む。

銃の開発をするのに、【傲慢《ごうまん》】にいるハルの所属するギルド、【フローレス】に何度もイエローコカトリスを狩らせたからな……。

このディアボロスだって作るのに何日もかかっているだろうし、気軽に量産しろと言われてもリンカさんも嫌《いや》なんだろう。僕だって嫌だ。

「ところでこれって使い続けていれば【銃の心得】を覚えられるの？」

カテゴリーでは短剣となっているが、銃でもある。双銃剣って書いてあるしな。【銃の心得】を獲得《かくとく》すれば、銃の戦技も覚えられることになるのだが。

「わからない。なにしろ『DWO《デモンズ》』で初めてのガンブレードだから。シロちゃんが使って検証していくしかない」

うわ、マジか……。『DWO《デモンズ》』初って。リンカさんの言う初ってのは、まだどこのサイトにも公表されてないってことで、実際に作っているプレイヤーはいるかもしれないけどな。

まあ、そんな武器を手に入れたプレイヤーがそれを使わないでいられるかって話なんだが。多分本当に『DWO《デモンズ》』で初めての武器なんだろう。

【セーレの翼《つばさ》】による領国を超《こ》えた素材集めと、リンカさんの高い生産技術力、そして【魔王の鉄鎚《ルシファーズハンマー》】と【復元】スキルによるリセマラの結晶《けっしょう》ってわけだ。

だからといって進んで検証する気はないんですけどね。

まー、使っているうちにわかるだろ。その手の検証は検証組のプレイヤーに任せることにしよう。どうせそのうち誰《だれ》かが二作目のガンブレードを作るだろうし。

とにかく武器も防具も新たな物になり、準備万端《ばんたん》整った。

いよいよ霧骸城攻略《こうりゃく》だな。

◇　◇　◇

薄暗《うすぐら》く鬱蒼《うつそう》と茂《しげ》る森を抜《ぬ》けると、小山の上にそそり立つ黒い和風の城が見えてくる。あいにくの鈍色《にびいろ》の空と相まって、さらに不気味さが増していた。

僕らはこれ以上近づくと相手に察知されるギリギリのところに陣取《じんど》っている。

向こうからではこの鬱蒼とした森のせいで僕らのことは見えないはずだ。

ちなみに裏手の崖《がけ》から【登攀《とうはん》】スキルで襲《おそ》いかかる強襲《きようしゆう》組はここことは別のところに集まっているはずだ。

「さて、ではもう一度作戦を確認《かくにん》しよう」

この攻城戦《クエスト》のリーダーであるアレンさんが集まったメンバーにそう切り出す。

今回もほとんどフロストジャイアント戦のメンバーなので、リーダーも同じでいいんじゃない？　とアレンさんに簡単に決まった。まあ、決まったと言うか決められたと言うか。

「まずはあの城門への攻撃。ダメ元で炸裂弾《さくれつだん》を投擲後、【精霊使い《エレメンタラー》】の【矢避《よ》け】をエンチャントした突撃《とつげき》部隊で牛頭《ごず》と馬頭《めず》に攻撃を仕掛《しか》ける。魔法隊と弓矢隊は、城門にいる突撃部隊に攻撃を仕掛けようとする鉄砲《てつぽう》持ちを牽制《けんせい》してくれ。その間に投石器《カタパルト》を設置して、城内で固まっている敵を狙《ねら》う。たぶん牛頭馬頭を倒《たお》せば城門が開くと思うんだけど、もしも開かなかったら用意した破城槌《はじょうつい》でぶち開ける」

とにかくあの城門を開けないことにはなにも始まらない。ちなみに僕も突撃部隊の一人だ。後方にいても仕方ないからね。

いかに早くあの牛頭馬頭を倒せるかが鍵《かぎ》となる。最悪、無理だと判断したら退却《たいきゃく》もアリだ。

突撃部隊を追撃《ついげき》しようと城の中からモンスターたちが出てきたら、そのまま森の中まで引き寄せて、待ち受けていた伏兵《ふくへい》が左右から攻撃、突撃部隊も転進して三方から叩《たた》くってわけだ。

「『釣《つ》り野伏《のぶ》せ』ですね」

「『釣り野伏せ』？」

「九州の戦国大名、島津《しまづ》家が得意とした戦法ですよ。まあ、本当は野戦で使われるものらしいので、攻城戦では無意味な気もしますが」

まあ、本来ならば城を守っていればいいわけだからな。わざわざ打って出る必要はないわけで。普通なら無理してまで追いかけない。

だけど相手はモンスターだからね。問答無用で襲い掛《か》かってくる奴《やつ》らだからさ。そこまでの知恵《ちえ》があるかどうか。

「門を破り、中に突入したら一丸となって本丸を目指す。盾職《タンク》部隊を盾にして、あらゆる方向からの狙撃《そげき》に備えるんだ。回復部隊もこまめな回復を頼《たの》むよ」

城の外から見た限りでは城内はなかなかに入り組んでいて、いろんなところから壁《かべ》を隔《へだ》てて狙い撃《う》ちされるような作りになっている。

壁に空けられたいわゆる狭間《さま》という穴から、銃や矢で狙われるのだ。

まあ、土魔法などを使えばその穴を塞《ふさ》ぐことも可能なので、そこまでの不利ってわけじゃない。だけど注意を怠《おこた》ると、致命的《ちめいてき》なミスを呼び込《こ》みかねないからな。気をつけていくに越《こ》したことはない。

あとは僕の【セーレの翼】による短距離《たんきょり》転移が、あの城内で効果があるかどうかだな。効果があるのであればうまくショートカットして本丸に近づけるかもしれない。

ただ、敵がいっぱいのところに飛び込んでしまうと単なる自殺行為《こうい》になってしまうからなあ。一応、囲まれる前にまた転移で逃《に》げるつもりだけど……。

そんな腹積りもあり、すでにこの森の場所にビーコンの羽を一つ置いてある。ま、念のためだ。

双銃剣《ディアボロス》には【ハイヒール】を六発、そしてもう片方には【付与魔法《ふよまほう》】の使い手が参加者にいたので、【ステータスアップ（LUK）】を六発チャージしてもらった。

これは自分に対して撃つ用だ。幸運値《LUK》を上げて、双銃剣《ディアボロス》の【呪い】付与の確率を引き上げる。

初級の【ステータスアップ】だから、そこまで劇的には変わらないかもしれないが……。

普段《ふだん》あまり使わない【二連撃】とかもセットしてあるから、こっちの発動にも期待している。

なんで【ファイアアロー】とかにしなかったかというと、こういう状況だと魔法一発打てたところでそこまで戦況《せんきょう》に大きく影響はないと思ったからだ。遠距離攻撃したいのなら普通に魔力弾の方を撃つし。

それに【ステータスアップ】の魔法は比較的長持ちする。六発あればかなりの間、支援《バフ》効果が期待できるはずだ。

「よし、時間だ。それじゃあ攻城戦を始めよう」

アレンさんの言葉に一人の【魔人族《まじん》】のプレイヤーが炸裂弾を手に前に進み出た。僕と同じく【投擲】持ちのプレイヤーであるが、かつては甲子園《こうしえん》出場校のピッチャーだったらしい。

元ピッチャーは見事なフォームで炸裂弾を城門へ向けて投擲した。

狙い違《たが》わず城門の真ん中に炸裂弾がぶち当たり、派手な音を響《ひび》かせて大爆発《だいばくはつ》を起こす。

残念ながら予想していた通り、城門を破壊《はかい》することはできなかったが、間近にいた牛頭馬頭の二匹にはそれなりのダメージを与えることには成功したようだ。

「前衛部隊、突撃！」

『おおおおぉぁぁ――――――ッ！』

アレンさんの号令に僕を含《ふく》む前衛職のプレイヤーが一気に城門へ向けて駆《か》け出した。

【精霊使い《エレメンタラー》】から矢避けの魔法が突撃部隊に付与される。突《つ》っ込んでいく僕らに放たれた矢が魔法によって逸れ、後方へと飛んでいく。うーむ、逸れるとわかっていても怖いな……。

矢はこれで防げるけど、鉄砲は防げないから気をつけないとな。

「【加速】」

矢避けの魔法をしてもらった僕は【加速】スキルを使い、みんなよりも前に出る。速さだけなら負けないからな。いや、短距離的な速さならミヤコさんの【縮地】に負けるけどさ。

そのミヤコさんは【縮地】を温存しておく作戦なのか追いかけてはこない。ならばこのまま一番槍をもらおう。

牛頭と馬頭、どっちに行くか……。角生えてるし、強そうだから牛頭は避《さ》けて馬頭に行こっと。

走りながら僕は左手のディアボロスを自分に向けて引き金を引く。【ステータスアップ（LUK）】の支援効果が発動し、僕の身体《からだ》が淡《あわ》い光に包まれた。これで確率が上がって【二連撃】とか出れば嬉《うれ》しいんだが。

あ、最初だからダメ元で試してみるか。

「【首狩り】」

駆け寄ってくる僕に刺又《さすまた》を振《ふ》り下ろしてきた馬頭へ向けて、失敗覚悟《かくご》で戦技を発動させる。

しかし【首狩り】は発動することはなかった、振り下ろされた刺又を【心眼】でなんとか見極《みきわ》めて躱す。

「やっぱダメか」

体勢を立て直そうと後ろへ飛び退《の》く直前、パァン！　と何かが弾《はじ》けたような音がした。

誰かが馬頭に攻撃《こうげき》を仕掛けたのかとそちらの方を見上げると、いままさに青い馬の首が城門前に落ちるところだった。

「え？」

『え？』

僕と後方から迫《せま》っていたみんなの声がハモる。

ごろりと転がった馬の首に続いて、馬頭の巨体《きょたい》がずぅん……とその場に倒れ、あっという間に光の粒《つぶ》となって消えてしまった。

え、待って待って。ひょっとして【首狩り】が成功した？　【ステータスアップ（ＬＵＫ）】が効いたのか？　ていうか、こいつ僕よりレベル下だったのかよ！

でも確実に失敗したのを確認したのに、遅《おく》れて発動したってのはなんでだ？

あ！　【二連撃】か⁉　【二連撃】って奥義《おうぎ》にも適用されるのか⁉　一拍《ぱく》ラグがあったのが気になるが……。

奥義や戦技を放った時に【二連撃】が発動したことが無かったからわからんかった……。

いや、攻略サイトに載《の》ってたのかもしれないけど。

一撃で死んだ馬頭に、相方の牛頭はもちろん、弓や銃を構える他のモンスターたちも手が止まっていた。

こちらへと駆けていたはずの突撃部隊のみんなも思わず立ち止まっている。

『ブ、ブモォォォォォォォォォ――――！』

やがて我に返った牛頭がトゲトゲのついた金棒で僕を殴《なぐ》りつけてくる。

相方の仇《かたき》だと言わんばかりの一撃を、僕は屈《かが》んで躱《かわ》し、その場から一旦離脱《いったんりだつ》する。逃がさん、と牛頭の凶悪《きょうあく》な視線がこちらを向いた。うわ、怖っ。

「【風刃《ふうじん》】」

『ブモッ⁉』

僕を追いかけようとした牛頭に、二番手に駆けつけてきたミヤコさんの【風刃】が炸裂《さくれつ》する。

【風刃】は刀術スキルの戦技のひとつだ。剣術《けんじゅつ》スキルの【ソニックブーム】に当たる、見えない刃を飛ばす技である。

もっともミヤコさんの場合、リンカさんの作った刀である『千歳桜《ちとせざくら》』の効果も相まって、炎《ほのお》の刃みたいになってしまっているが。

ミヤコさんの一撃に続いて、後続部隊が次々と牛頭に襲い掛かる。

牛頭の金棒に何人かは吹《ふ》っ飛んだが、後衛からの回復魔法によりすぐに体勢を立て直して再び牛頭へと向かっていった。

はたから見ていると凄《すご》いな……。牛頭が金棒を振り回すたびに誰かが吹っ飛んでくる。

これ、馬頭までいたらけっこう手こずったかもしれん。【首狩《くびか》り】が発動してよかった……。

たぶん牛頭も馬頭と同じくレベルは僕より低いんじゃないかと思い、もう一度【首狩り】をしてみたが、見事に外れ、ＳＴが大幅《おおはば》に減ってレッドゾーンに突入《とつにゅう》した。

即刻《そっこく》離脱《りだつ》し、スタミナポーションをがぶ飲みする。くそう、やはりさっきのはまぐれか！

そんなに都合よくポンポン発動できれば世話はない。

やっぱり普通《ふつう》に攻撃しよっと……。

「【兜割《かぶとわ》り】！」

『ブモォォ！』

全力で振り下ろしたガルガドさんの戦技の一撃《いちげき》を金棒で受け止める牛頭。

その隙《すき》を狙って何人かのプレイヤーが斬《き》りかかるが、牛頭が繰《く》り出した蹴《け》りに吹き飛ばされ、三人が吹っ飛んでいく。

『ブモォォォォォォ！』

大きく息を吸《す》い込んだ牛頭が、口から炎のブレスを吐《は》く。正面にいたガルガドさんをはじめ、何人かのプレイヤーが炎の洗礼を浴びてしまった。

おまけにその炎は【燃焼《ねんしょう》】の追加効果もあったらしく、プレイヤーたちは燃えたまま後方へと下がっていった。牛が炎を吐くなんて非常識な。

『ブモガァァ！』

牛頭が放った金棒のめった打ちを、ガルガドさんたちの代わりに前に出たアレンさんやウェンディさんらの盾職部隊《タンク》が防ぐ。

その盾職部隊《タンク》の左右から牛頭へと迫る影《かげ》が二つ。

白虎《びゃっこ》の着ぐるみを着た【拳闘士《グラップラー》】のレーヴェさんと、身体に稲妻《いなずま》を纏わせた【雷帝《らいてい》】こと【強撃者《ストライカー》】のユウだ。

「【螺旋掌《らせんしょう》】」

『ブッ！　グモッッ……！　ガァァァァァ！』

左右の脇腹《わきばら》に同じ戦技を喰《く》らった牛頭が片膝《かたひざ》を突きつつも金棒を横に薙《な》ぎ払《はら》う。それをブロックしたレーヴェさんが吹っ飛び、なんとか躱したユウはバックステップでその場から離《はな》れた。

入れ替わるように今度はギルド【六花《りっか》】のアイリスが牛頭の足元に飛び込み、手にした細剣《レイピア》を一閃《いっせん》する。

「【氷縛《ひょうばく》】！」

『ブモッ⁉』

アイリスの持つソロモンスキル、【クロケルの氷刃《ひょうじん》】により、牛頭の膝《ひざ》を突いた方の足が地面に凍《こお》りついていく。力任せに氷を砕《くだ》きつつ立ちあがろうとした牛頭の頭上に、高くジャンプしたミウラが大剣《たいけん》を振りかぶって待ち構えていた。

「【双烈斬《そうれつざん》】！」

ミウラの奥義が牛頭の左右の首筋に二撃炸裂する。

『ブモォ……！』

牛頭がバランスを崩《くず》し、大きく後ろへと仰《の》け反《ぞ》る。しかしよろけながらも踏《ふ》みとどまった牛頭は、金棒をミウラへとスイングし、打たれたミウラは後方へと吹っ飛ばされた。

「みんな牛頭から離れろ！」

アレンさんの声に振り向くと、天へと流星剣《メテオラ》を翳《かざ》した彼《かれ》の姿が目に飛び込んできた。

彼の次の行動を察し、みんなが牛頭から蜘蛛《くも》の子を散らすようにして離れていく。もちろん僕《ぼく》もすぐにその場から離れた。

「【メテオ】！」

アレンさんが剣を振り下ろすと、鈍色の空の一部が切り裂《さ》かれ、燃《も》え盛《さか》るバスケットボールほどの隕石《いんせき》が落ちてきた。

隕石は真《ま》っ直《す》ぐに動きの鈍った牛頭へと向かって落ちていき、耳をつんざくような爆発《ばくはつ》音《おん》と共にまともに激突《げきとつ》した。

爆発したと言うのに城門はやはり壊《こわ》れなかったが、その前にいた焼け焦《こ》げた牛頭は盛大《せいだい》にぶっ倒れ、光の粒となって消えた。

牛頭と馬頭、門番の二頭が倒されたからなのか、城門が軋《きし》みをあげてゆっくりと内側に開いていった。

その先には槍《やり》や刀を構えた落武者ゴブリン、鉞《まさかり》を担《かつ》いだ落武者オーク、カタカタ笑うスケルトン武者などがぞろっと並んで僕らを出迎《でむか》えている。

おうおう、これはこれは……どうやら僕らは大歓迎《だいかんげい》されているようだ。

それじゃ本格的に攻城戦を開始しますか！

◇◇◇

「突撃ぃ————ッ！」

『うおおぉぉぉぉおっ！』

アレンさんの号令と共に盾職《タンク》部隊が真っ正面から城門へと突っ込む。

それに対抗《たいこう》して、城門を通してなるかと落武者ゴブリンや落武者オークが立ち塞がった。

押《お》して押されてのせめぎ合いの中、後方部隊の投石機《カタパルト》から城門近くの廓《くるわ》の中に岩が次々と投《な》げ込まれる。

『ギギャッ⁉』『ブゴェッ⁉』というおそらくは岩が直撃《ちょくげき》したのであろうモンスターの悲鳴と共に、城門前のモンスターたちが何が起きた⁉　と周囲に気を取られる。

その隙を突いてとうとう盾職部隊《タンク》が城門を突破《とっぱ》し、その後に続いてこちらの主戦力たちがどっと雪崩《なだ》れ込んだ。

僕も飛んでくる矢や鉄砲の弾を避けながら城内へと入る。すでに矢避けの魔法は切れているから気をつけないとな。

『ゲギャ！』

「おっと」

落武者ゴブリンから繰り出された槍を【心眼】で躱し、その土手っ腹を双銃剣《ディアボロス》で斬《き》り裂く。

僕が斬り裂いたゴブリンに追い討《う》ちをかけるように後続のプレイヤーが次々と攻撃を加えていく。

あっという間に落武者ゴブリンは光の粒となって消えた。

こういったイベント戦では経験値やアイテムの取り合いみたいのはないので、敵を見つけたら多数でボコボコにするのが基本だ。誰がとどめを刺《さ》しても文句は言わない。

『ブゴォ！』

落武者ゴブリンを倒したと思ったら今度は落武者オークの襲撃《しゅうげき》だ。手にした棍棒《こんぼう》で僕に殴りかかってくる。なんで僕ばかり狙ってくるんだろう？　あ、ひょっとしてさっき馬頭を倒したからヘイトが集まっているのか？

「【加速】──【ダブルスラッシュ】」

一瞬《いっしゅん》だけ【加速】を発動させ、オークの棍棒を躱し、その横をすり抜ける際に戦技を叩き込む。

ぶっとい太腿《ふともも》を斬り裂かれたオークに、先ほどと同じように後続のプレイヤーが群がってボコボコにする。……こういうのも連携《れんけい》プレイっていうのだろうか。

ふと、城壁《じょうへき》の中にある木の上に、足軽スケルトンが火縄銃を構えて誰かを狙い撃とうとしているのを発見した。

「させるか！」

右手のディアボロスを構え、木の上の足軽スケルトンへ向けて魔力弾を撃つ。

運良く魔力弾は頭蓋骨《ずがいこつ》に当たり、不意打ち気味にヘッドショットをくらった足軽スケルトンは、バランスを崩して木の上から落ちる。

落ちたスケルトンめがけて、近くのプレイヤーがとどめを刺しに行った。

「なんや、シロちゃん。いつの間にそんな武器手に入れたんや。便利そうやなあ」

背後で、パァン！　となにかを引っ叩《ぱた》く音と共に、ハリセンを持ったトーラスさんが話しかけてきた。そっちこそ相変わらず武器はそれなのか……。

「リンカさんに作ってもらいました。『双銃剣ディアボロス』です」

「また物騒《ぶっそう》な名前やな……」

「特殊効果で【呪い】を相手に付与することもできるんですよ」

「ホンマに物騒やった……。なんなん、そのぶっ壊れ武器……」

トーラスさんに呆れたような視線を向けられる。いや、知らんよ。それはリンカさんに言ってくれ。

『グゲギャ！』

「やかまし」

パァン！　と、横から襲いかかってきた落武者ゴブリンをトーラスさんが顎《あご》の下から引っ叩く。

仰け反ったゴブリンを誰かが背後から細剣《レイピア》で串刺《くしざ》しにした。一刺《ひとさ》しではなく連続で何回もだ。刺されまくったゴブリンが光の粒となって消える。

「なに遊んでんのよ。もっと集中してよね」

誰かと思ったら【六花《りっか》】のアイリスだ。その両手には青く輝く豪奢《ごうしゃ》なガントレットが装備されている。

確かあれはAAランクの装備で、連続攻撃ができるようになるガントレットだったか。僕も欲しかった装備なんだけど、あれ女性専用なんだよね……。

「遊んでたわけやあらへんよ。こうして後衛のプレイヤーまで攻撃がいかへんように真面目に間引いているやんか」

そう言いながらトーラスさんが再び襲ってきたゴブリンを引っ叩いてアイリスの方へと吹き飛ばす。

「もっと周りに注意してって言ってんの。どこから攻撃を食《く》らうかわからないんだから」

アイリスの方はアイリスの方で、吹っ飛んできたゴブリンを作業的に細剣《レイピア》で串刺しにし、あっさりと光の粒に変える。

なんというか、邪魔者扱《じゃまものあつか》いのゴブリンに同情してしまうな……。

でも確かにその通りで、城内の壁に空いている狭間《さま》から、いつ弓矢や鉄砲で撃たれるかわからないのだ。

土魔法を使えるプレイヤーが、見つけては塞いでいるので、ある程度は大丈夫《だいじょうぶ》だと思うが、やはり注意して進むべきだろう。

「盾職《タンク》部隊は二ノ丸の門へ向かったわ。私たちはここの敵を殲滅《せんめつ》しないと」

「せやな。後ろから挟《はさ》み撃ちになるのだけはごめんやで……っと、危なっ⁉」

トーラスさんが上から飛んできた矢を大袈裟《おおげさ》に避ける。見上げると、櫓《やぐら》の上にいた足軽スケルトンがカタカタと顎を鳴らして、こちらに再び矢を番《つが》えていた。

「シロちゃん、コレ頼むわ。ぶん投げたってや」

「え?」

ポン、とトーラスさんから投げて寄越《よこ》されたのは、二十センチくらいの竹でできた筒だった。

それはいい。問題なのは導火線みたいなものがあって、すでに火がついていることだ。

ちょっ……！

「だぁぁぁぁっ⁉」

それが何か気がついた僕は、すぐさま櫓の上にいるスケルトンめがけて【投擲】を使い、手の中の物を投げつけた。

ドカン！　と腹に響く重い音と共に、櫓の上が爆発に包まれる。

弓を構えていた足軽スケルトンがバラバラになって落ちてくる。

この城のスケルトンは【リボーン】スキルを持っていないようだった。なので、聖属性がなくても倒すことができる。……って、そんなことはどーでもいいわ！

「危ないじゃないですか！　物騒なものを軽く渡さないで下さいよ！」

「なはは。まあ、結果オーライや。そんなに怒《おこ》らんといてぇな。あ、ほら、別のが来たで？」

全く悪びれもせず、僕の背後を指差すトーラスさん。

振り向くとのっしのっしと傷だらけの落武者オークがこっちへ向けてやってくるところだった。

「【双星斬《そうせいざん》】！」

トーラスさんへの怒《いか》りを込めて、左右五連撃、計十もの斬撃をオークへとぶちかます。

それだけでオークは光となって消えた。どうやら手負いのオークだったらしい。

文句の続きを言おうと振り向くとすでにトーラスさんの姿はなく、アイリスもその場から離れて次の獲物《えもの》を探しに行くところだった。おのれ、逃げたか……。

先ほどの爆発によりスケルトンは吹っ飛んだが、櫓自体は残っている。

やっぱりあれも破壊不能なオブジェクトなんだな。

再び使われてはたまらないと、弓矢を持ったプレイヤーの一人が櫓へと登っていく。

こうなればこっちが有利だ。上からの弓矢の支援《しえん》を受け、僕たちは三ノ丸にいるモンスター達《たち》をあらかた片付けることができた。

それに伴《ともな》って、後衛部隊のいくつかが三ノ丸に雪崩《なだ》れ込んでくる。

ダメージを受けて退がってきた盾職などのプレイヤーに回復部隊が回復魔法を施《ほどこ》し、再び前線へと向かっていく。

まだ先頭は二ノ丸の門を抜けてはいないらしい。まだ少しかかりそうだな……。

あ、そうだ、アレを試《ため》してみよう。

僕は二ノ丸の城壁が見えるところまで移動して、位置を確認する。岩壁《がんぺき》の上に二ノ丸の城壁が見える。【登攀】スキルがあれば登れたのかもしれないけど……。

僕は【セーレの翼】のビーコンの羽を取り出し、二ノ丸の城壁めがけて力一杯《ちからいっぱい》投げつけた。

緩《ゆる》やかな弧《こ》を描《えが》き、白い羽は見事二ノ丸の城壁の中へと落ちていく。よし！　弾かれない！

ウィンドウを開き、投げ入れたビーコンの位置に【セーレの翼】で転移する。

「え？」

『ギョッ？』

転移した先の真っ正面に落武者ゴブリンが立っていて、僕らはバッチリと目が合った。

『ギ――――!』

仲間を呼ぶために叫《さけ》ぼうとした落武者ゴブリンを、僕は最高速、最大火力の戦技で討ち果たす。あっぶな!

「【分身】、【加速】、【双星斬】!」

そのまま【隠密《おんみつ》】を使って、近くにあった建物の中へと身を隠《かく》す。すぐそこに二ノ丸の門があり、モンスターたちがプレイヤーたちを撃退《げきたい》するためにわんさかと集まっていた。

大幅に減ってしまったMP《まりょく》とST《スタミナ》を今のうちにポーションで回復させる。

ふう。今のは危なかった。飛び込んだ先でゴブリンと鉢合《はちあ》わせなんて、ツイてないな……うん?

ひょっとして、とステータスを見ると、【ステータスアップ(LUK)】の効果が切れていた。

うーむ、これって関係あるんだろうか。敵に見つかったのは不運だが、でも一匹《ぴき》だけでうまく逃げられたのは運がいいともいえる。どっちなんだろうね?

とにかく左手にあるディアボロスにチャージしてある【ステータスアップ(LUK)】を、あらためて自分自身に撃って効果を発動させる。なにがあるかわからない。常に万全《ばんぜん》の状態で挑《いど》もう。

飛び込んだ建物は、どうやらモンスターたちの武器庫のようなところだったらしい。

と、言っても、きちんと武器が整頓《せいとん》されているわけじゃなく、そこらに投げ出しっ放しになっているが。

手入れもされていない刀やら槍やらがそこらに転がっている。

さて、ここからどうするか。

二ノ丸に忍《しの》び込めたのはいいが、僕一人でここを制圧するなんて無理だ。

うまいこと二ノ丸の門の方へ行き、閂《かんぬき》を外す……ってこれも無理なんじゃないの？

だって門の表にも裏にもモンスターが僕らを通さないとばかりに密集してるからさ……。

うーむ、さっきトーラスさんに渡《わた》された爆弾《ばくだん》みたいなのがあればな……。

いや、門の近くにリゼルあたりを引っ張ってきて、でかい魔法《まほう》をドカンと食らわせてやればいいのか。

その隙に向こうにいるみんなが門を破ればいい。よし、それでいこう。

僕は武器庫の目立たないところにビーコンを置き直し、本陣《ほんじん》の方へ戻《もど》る。

「うーむ、もうちょっと城門近くにしとけばよかった」

僕はみんなで集まった最初の森に転移しながらそんな反省をしていた。ここまで戻る必要はなかったんだが。というか、三の丸にビーコンを置いてから二ノ丸に転移すればよかったのか。ちぇっ。

森を抜けると城が見えて来た。投石機部隊《カタパルト》の姿も見える。

基本的に投石機部隊《カタパルト》は生産職で戦えない皆《みな》さんで構成されている。

そこには【ゾディアック】のピスケさんもいたが、挨拶《あいさつ》もそこそこにその前を通り抜け、再び僕は牛頭馬頭の守っていた城門を潜《くぐ》って、城の中へと入り直した。

「リゼル、今どこにいる？」

『ん？　二ノ丸の門前にいるけど。後ろから援護《えんご》射撃《しやげき》してる』

パーティチャットでリゼルのいる位置を聞く。やっぱり二ノ丸の門前か。

さっきまでいた三ノ丸を駆け抜けて、二ノ丸の門前に来ると、前方では突撃部隊と落武者オーク、落武者ホブゴブリンらが戦闘《せんとう》を繰り広げていた。

門の上からスケルトンが弓矢を放ち、こちらからも魔法や矢の雨が降り注ぐ。

後方では盾職部隊《タンク》が回復部隊を守り、前方の突撃部隊へと回復魔法を飛ばしていた。

襲い来る落武者ゴブリンを倒しながらリゼルを探す……っと、いたいた。お、ちょうどよく【スターライト】のジェシカさんもいるじゃないか。

「リゼル！　ジェシカさん！　ちょっとこっち！」

二人を手招きして城壁の目立たないところへと呼び寄せる。

「なに？　シロ君」

「どうしたの？　なんかあった？」

「今からあの門の真裏に転移するからさ、でっかい魔法をぶっ放してもらいたいんだ」

「「え？」」

なに言ってんだこいつ、という顔をした二人だが、ちゃんと説明をすると、二人とも理解できたようでわかったと頷《うなず》いてくれた。

一旦《いったん》全員パーティを抜けて、僕をリーダーとした新しいパーティに参加してもらう。そうしないと【セーレの翼】で一緒《いっしょ》に跳《と》べないのだ。

一応ここにもビーコンを設置してから二人を連れて、二ノ丸の武器庫へと【セーレの翼】で転移する。

武器庫を出て、こそこそと二ノ丸門の裏へと移動すると、相変わらずモンスターたちがわらわらと集まっているのが見えた。

幸いまだこっちには気がついていない。

「それじゃあ先生方、お願いします！」

僕が少しおどけながらそう言うと、二人ともおそらくそれぞれ自分の持つ最大級の魔法を詠唱《えいしょう》し始めた。

「【ライトニングストーム】！」

「【フレアテンペスト】！」

雷鳴《らいめい》と爆発が繰り返されるおっそろしい嵐《あらし》がモンスターたちを突如襲《とつじょおそ》った。

完全に不意打ちを食らったモンスターたちは大ダメージをうけ、その場にくずおれる。

どちらも範囲魔法《はんいまほう》であったため、倒すまではいっていないが、二ノ丸門の前は完全に壊滅《かいめつ》状態になった。

よく見ると、閂《かんぬき》もダメージを受け、今にも折れそうになっていた。どうやら牛頭馬頭の城門とは違《ちが》い、あれは破壊不可能なオブジェクトではないらしい。

「なら、壊さない手はないよな、っと」

右手のディアボロスで魔力弾《まりょくだん》を閂目掛《めが》けて連射した。三発目で見事に命中し、閂は木《こ》っ端微塵《ぱみじん》に砕け散る。

閂が壊れたことで門の前にいた突撃部隊と押されたモンスターたちがドッと雪崩れ込んできた。

「門が開いたぞ！」

「なんでだ⁉」

「わからんけど、突っ込め！」

突撃部隊がリゼルとジェシカさんの魔法でダメージを受けたモンスターを、次々と倒していく。

ガルガドさんやミウラ、ユウといった前線組が、二ノ丸に既《すで》にいた僕らを見て驚《おどろ》いていた。

「なんだよ、楽に入れる方法があんなら誘《さそ》えよ！」

「いや、ガルガドさんら乱戦状態だったし。複数をぶっ飛ばすなら魔法職の方がいいかなって」

「あたしの暴風剣《スパイラルゲイル》なら吹っ飛ばせたのにー！」

ミウラが拗《す》ねたように口を尖《とが》らせる。いや、君も前線で乱闘《らんとう》してたからさ。

僕がミウラの抗議《こうぎ》に苦笑《くしょう》していると、二ノ丸の奥《おく》の方から怒号《どごう》と叫び声が聞こえてきた。なんだ？

「【登攀《とうはん》】スキル持ちの強襲《きょうしゅう》組が登ってきたんだろう。このまま本丸まで一気に攻《せ》め込めるかな？」

僕らのところへアレンさんやウェンディさんら盾職《タンク》部隊のみんなもやってきた。

ここにある武器庫はちょうどいい休憩所《きゅうけいじょ》の代わりになる。リゼルとジェシカさんもさっきの魔法で減ったMPを回復させていた。

本丸へ向けて進もうと武器庫を出て前の方を見ると、胴丸《どうまる》と骸骨《がいこつ》の兜姿の、大きな棍棒を持った全身紫色《むらさきいろ》の武者トロールがこちらへと向かってきていた。

牛頭馬頭《ごずめず》と同じくらいのサイズはある。棍棒をぶんぶんと振り回し、プレイヤーたちを吹き飛ばしていた。

「一気に攻め込むのは難しそうですね」

「そーだね……」

力なく笑ったアレンさんとウェンディさんが大盾を構えて武者トロールの攻撃に備える。

『ウガァァァ！』

ゴガン！　と鈍《にぶ》い音がして、武者トロールの振り下ろされた棍棒が、アレンさんとウェンディさんの盾に阻《はば》まれる。

その隙に僕はトロールの横から近づき、ディアボロスで【ステータスアップ（ＬＵＫ）】を付与《ふよ》した後に【首狩り】を発動――――したが、失敗に終わった。

「やっぱダメかー」

馬頭の時は本当にラッキーなだけだったか。仕方ない。地道に削《けず》ろう。

伊達《だて》眼鏡を使って弱点看破すると、トロールのふくらはぎの部分が赤く光っている。あそこか。

「【アクセルエッジ】」

武者トロールのふくらはぎに左右四連撃を食らわせる。

『グガッ⁉』

切られた足で僕を蹴り飛ばそうとする武者トロール。その巨体のため、動きは遅《おそ》い。

蹴られる前に後退し、武者トロールから距離《きょり》を取る。

「【ピアッシングショット】！」

『ガハァッ⁉』

後方にいたレンの放った魔《ま》弾《だん》が、トロールの肩《かた》を撃《う》ち抜《ぬ》く。【銃《じゅう》の心得】から派生する銃の戦技だな。僕も【銃の心得】を取得すれば覚えられるだろうか。

肩を撃ち抜かれたというのに、そんなことは関係ないとばかりに武者トロールがレンの方へ向けて突撃《とつげき》していく。

当然ながら、ウェンディさんとアレンさんがその進行を防ぎ、さらに後方からレンの魔弾が何発も武者トロールに命中した。

まだ倒《たお》れないのか。なんつうHP《たいりょく》してんだよ……。

トロールのHPの高さに僕が呆《あき》れていると、塀《へい》の上を駆けてきて、トロールへとジャンプし、襲《おそ》い掛《か》かる影がひとつ。

「【唐竹割《からたけわ》り】」

頭頂部から股下《またした》まで一閃。あたり一面に桜の花びらが舞《ま》い散った。

否、桜ではない。ミヤコさんの持つ刀、【千歳桜《ちとせざくら》】による火の粉のエフェクトだ。

まるでその花びらが着火剤《ちゃっかざい》になったとばかりに、武者トロールの全身が炎に包まれ燃え盛る。【燃焼】の追加効果が入ったか。

『グアァァァァァ⁉』

全身が燃え、もがき苦しむ武者トロール。弱点が赤く光ってたから、こいつは火に弱いんだろう。

チャンスとみたプレイヤーたちが蟻《あり》のように群がり、次々と戦技をかましていく。フルボッコだ。

さすがにタフな武者トロールもこれには太刀打《たちう》ちできず、【燃焼】の炎に包まれたまま、光の粒と化して消えた。

「よし、このまま強襲組と合流！　本丸を目指すぞ！」

『おおっ！』

アレンさんの号令にプレイヤーたちが再び進軍を開始する。

強襲組のお陰《かげ》で城を守るモンスターたちが分断されたのか、さっきよりも抵抗《ていこう》が弱くなった気がする。

単に残りのモンスターたちがいないのか？

「っと、危な⁉」

【気配察知】が発動し、【心眼】で飛んできた矢をギリギリで躱す。

うおお……！　鼻先を掠《かす》めていった！　完全に頭狙《ねら》ってたろ⁉

矢の飛んできた方を確認《かくにん》すると、三ノ丸の時と同じく、櫓の上から弓兵ゴブリンが弓矢を射かけていた。

「のやろ！」

ディアボロスで魔弾を連射し、弓兵ゴブリンを蜂《はち》の巣にする。くそっ、余計なＭＰを使ってしまった。

僕はインベントリからマナポーションを取り出して一気に飲《の》み込《こ》む。一本じゃフル回復しないか。もう一本っと。うーん、相変わらずの不味《まず》さ。

今のところ順調にいってるな。あとは本丸にいるだろうボスモンスターを倒せばこのクエストはクリアだろう。

ただ、負ければまた初めからやり直しである。

デスペナが付き、アイテム補充《ほじゅう》もないままの状態で、もう一戦したところで勝てるとは思えない。また日を改めて挑戦《ちょうせん》するしかなくなる。

どんなボスがいるかわからないが、ここまできたらやるっきゃない。

気合いを入れるため、パン！　と両手で頬《ほお》を叩《たた》く。

「よし！　行くぞ！」

駆《か》け出すプレイヤーたちに遅れじと僕も本丸へと向けて走り出した。

日本の城において本丸とは城郭《じょうかく》の中心であり、城主が住まう最後の砦《とりで》である。

間違《まちが》いなくここにこの城のボスがいる。最後の砦だけあって、本丸天守閣の前には多くのモンスターがひしめいていた。最終防衛線ってところか。

天守閣はそれほど高くもなく、せいぜい三階建てといったところだ。

【登攀】、【軽業《かるわざ》】スキル持ちなら登れるんじゃないか？　と思ってしまったが、そこにたどり着くのも難しいほど、天守閣前にはモンスターがわらわらと湧《わ》いている。

もはや集団戦というより、乱戦となっている。どこから攻撃《こうげき》が来るかわからない。

「おっと！」

飛んできた矢を【心眼】で避《よ》ける。ここまでモンスターが多いと【気配察知】が役に立たない。気配だらけだからな。突然《とつぜん》死角から攻撃されたら避けられないぞ、こりゃ。

目の前のモンスターと戦いながら、他のプレイヤーの死角から襲おうとしているモンスターをディアボロスの魔力弾で撃ち抜いていく。倒すまではいかないが、襲われていたプレイヤーに気付かせることはできるからな。

しかしこうも乱戦になってしまうと、魔法使《まほうつか》いプレイヤーらは範囲魔法を使いにくいだろうと思う。

パーティを組んでいるプレイヤーにはダメージはいかないが、他のプレイヤーはダメージを受けてしまうし。

やはり一体一体地道に潰《つぶ》していくのが一番いいのかね。急がば回れってか。

「【サザンクロス】!」

【六花《りっか》】のアイリスが放った無数の突《つ》きが、落武者ホブゴブリンに十字の風穴を開ける。しかし仕留めるまではいかなかったらしい。ホブゴブリンはアイリスへ向けて手にした六尺棒を大きく振《ふ》りかぶった。

そのホブゴブリンへ向けて【加速】を発動する。

「【一文字斬り】」

ホブゴブリンの脇《わき》をすり抜けるようにして戦技を叩き込む。HPが0になったホブゴブリンは光の粒《つぶ》になって消えた。

「ありがとう、助かったわ」

「いや、これくらい――」

なんでもない、と続けようとした僕へ向けて、アイリスが細剣《レイピア》を繰り出す。

その切っ先が僕の顔の横を通過し、背後に迫《せま》っていたスケルトンの頭蓋骨を粉砕《ふんさい》した。

「これで貸し借りなしってことで」

にっこりと笑ったアイリスが次の獲物を求めて去っていく。こっわ……。いや、助かったけどさ。

乱戦の最中、何人かのプレイヤーが天守閣へと雪崩れ込んでいった。

たぶんここのボスってレイドボスではないと思うから、何人かのプレイヤーで倒せると思うけど、どれだけ強いかにもよるよな。

最悪、数で押すという形になりかねないけども……。

そんなことを考えながら、僕も天守閣へ向かおうと目の前のモンスターたちを斬り伏《ふ》せていたとき、ゴガンッ！　という破壊《はかい》音とともに、天守閣の最上階の壁《かべ》が吹《ふ》っ飛んだ。

あれ⁉　あの壁は破壊不能なオブジェクトじゃないのか⁉

破壊された城の壁と一緒に何人かのプレイヤーが僕らの前に落ちてくる。

倒れたプレイヤーたちの上に蘇生《そせい》待ちのカウントダウンが始まる。ＨＰが０になったか。

未《いま》だ蘇生薬が発見されていない以上、ほとんどのプレイヤーはカウントを待つことなく、死に戻りを選択《せんたく》してその場から消えた。

やがて彼らが突き破《やぶ》った壁の穴から『そいつ』が姿を現す。

異形。そいつを見た僕の頭にそんな言葉が浮《う》かび上がる。

なぜならそいつは一つの胴体《どうたい》に顔と手足がそれぞれ二人分あったからだ。

後頭部にもう一つの顔、肩から伸《の》びる四本の腕《うで》と腰《こし》から伸びる四本の足。

背中合わせにした人間の胴体だけを一つに融合《ゆうごう》したようなそんな姿。

武者鎧《むしやよろい》を身に纏《まと》い、四つの手にはそれぞれ剣と斧《おの》、そして弓矢を持っている。

頭には兜《かぶと》、顔には頬当《ほおあて》。身長三メートル近いそいつは穴から跳躍《ちようやく》し、僕らの前へと降り立った。

「なんだよ、あの阿修羅《あしゆら》像の成り損《そこ》ねみたいなのは……」

「両面宿儺《りようめんすくな》ですね。飛騨《ひだ》地方などに伝えられる鬼神《きじん》の一種です」

僕のつぶやきを拾い、律儀《りちぎ》にも返してくれたのは【スターライト】の分析《ぶんせき》博士、セイルロットさんだった。

鬼神ね。【鬼神族《オーガ》】とは関係ないのかな？

「【ファイアボール】！」

「【トライアロー】！」

姿を現した霧骸《むがい》城のボスに、まずは遠距離《えんきょり》から魔法と矢の雨が襲いかかる。

だが次の瞬間《しゅんかん》、両面宿儺は素早《すば》い動きでそれらを全て躱《かわ》し、手にした弓矢を連続で放った。

後方にいた二人の魔法使いプレイヤーがまともに矢を受けて高いダメージを食らってしまう。

なかなかに速い。四本足だからか？　馬みたいなことかね？　関節逆なんだが。

「【縮地】――――【居合】」

一瞬にして距離を詰《つ》めるスキル【縮地】から、刀術の戦技【居合】へとコンボを繋《つな》げたミヤコさんが、両面宿儺へと刀を振り抜いた。

しかしそれは両面宿儺が手にした斧によって無情にも弾《はじ》かれてしまう。刀を弾かれたその隙《すき》を突くように、今度は別の手にあった両面宿儺の剣《けん》が、ミヤコさんへ向けて横に一閃《いっせん》された。

バックステップでギリギリそれを躱したミヤコさんがそのまま後ろに退がると、入れ替《か》わるように今度は白虎《びゃっこ》の着ぐるみを着た【拳闘士《グラップラー》】のレーヴェさんが前に出てくる。

「【螺旋掌《らせんしょう》】」

回転を加えたレーヴェさんの掌底《しょうてい》が、両面宿儺の胴へ向けて放たれる。しかしまたしても両面宿儺はそれを身体《からだ》を捻《ひね》るようにして躱し、回転した勢いを乗せた回し蹴《げ》りをレーヴェさんへと食らわせた。

「ぐ、ぅ……！」

掌底を繰《く》り出したのとは別の腕でなんとかガードしたレーヴェさんが、蹴《け》られた勢いで遠くまで吹っ飛ぶ。素早い上にパワーもある。これは難敵だな。

「【スタースラッシュ】！」

「【大切断】！」

アレンさんとガルガドさんが左右から同時に戦技を放った。

両面宿儺はアレンさんの方を剣で捌《さば》き、ガルガドさんの方はなんと手のひらから繰り出した炎《ほのお》の魔法で吹っ飛ばした。

「があっ⁉」

「ガルガド⁉」

魔法まで使ってくるのかよ……！　おいおい、ちょっと強すぎないか？

両面宿儺の強さに危機感を感じていると、どこからか飛び出してきた落武者ゴブリンが、ボロボロの槍を僕《ぼく》に向けて突き出してきた。

「こっの……！」

それを躱しながらすれ違い様に横薙《よこな》ぎの一閃をくれてやる。ああ、もう！　群がってくるこいつらが本当に鬱陶《うっとう》しい！

両面宿儺の近くにいるプレイヤーたちも、そっちに集中したいのに、周りのモンスターたちが邪魔《じゃま》で仕方がないようだ。

鬱陶しいモンスターたちを相手にせず、猛《もう》スピードで回避《かいひ》しながら、僕も両面宿儺へ向けて攻撃を仕掛《しか》ける。

「【加速】！」

伊達眼鏡の弱点看破はどこも点滅《てんめつ》していない。くそっ、弱点無しかよ！

「【ダブルギロチン】！」

飛び上がり、両面宿儺へと振り下ろした二つのディアボロスが、相手の剣と斧によって阻まれる。ここまでは想定内だ。

「くらえ！」

『グガッ!?』

そのままの状態から僕は両方の引き金を引く。

放たれた魔力弾がまともに両面宿儺の顔面に二発とも当たり、相手は大きくのけ反った。

そこへ飛び込んでくる影《かげ》が一人。両面宿儺に攻撃を仕掛けるときから僕には『彼女《かのじょ》』が見えていた。

「やれ！　ユウ！」

「【天雷《てんらい》】」

のけ反った両面宿儺の横腹に【雷帝《らいてい》】ことユウの稲妻《いなずま》を纏った拳《こぶし》の一撃《いちげき》が炸裂《さくれつ》する。

雷《かみなり》が落ちたような轟音《ごうおん》とともに、ユウに殴《なぐ》られた両面宿儺が天守閣の壁まで吹っ飛んでいった。

『ゴハァ⁉』

天守閣の壁にぶち当たった両面宿儺だが、すぐに体勢を立て直し、ヘイトを稼《かせ》いだユウへと向けて一直線に突進《とっしん》してきた。

「「【シールドガード】！」」

アレンさんとウェンディさんがユウの前に出て、斧と剣の攻撃を止めた。

その隙に一人のプレイヤーが両面宿儺に斬《き》り掛かったが、残りの腕で放った矢に迎撃《げいげき》されてしまった。

くそっ、あの四本腕は厄介《やっかい》だな。事実上二体の敵と戦っているようなものだ。

盾職の二人から離《はな》れた両面宿儺は、手にした不動明王が持ってそうな御大層《ごたいそう》な剣を天へと翳《かざ》す。

するとたちまち剣から黒い稲妻のようなものが空へと向かって放たれる。

天へと向かった稲妻は再び降下し、天守閣の屋根へと落雷《らくらい》した。なんだ？　自分の城に攻撃？　なにをしている⁉

「おい！　あれ見ろ！」

「屋根の上……なんか動いてるぞ！」

「え？　あれ……鯱《しゃちほこ》……？」

周りのプレイヤーたちの言葉に、僕も落雷で煙《けむり》のかかっている天守閣の天辺《てっぺん》に目を凝《こ》らす。

煙の中にキランと一瞬《いっしゅん》だけ輝《かがや》きが見えたかと思ったら、隣《となり》にいた盾職のプレイヤーが派手な音とともに吹っ飛ばされていた。

「なんだ⁉」

わけがわからないまま、僕はその場から後退する。

やがて煙が晴れ、そこに現れたのは宙に浮く黄金の鯱《しゃちほこ》が二匹。

あの鯱って背景オブジェクトじゃなかったのか……。

鯱たちはそのまま天守閣を降りて、両面宿儺の両脇《りょうわき》に護衛のように陣取《じんど》った。

片方の鯱の目が赤く光る。

「っ、なにか来るぞ！　回避しろ！」

アレンさんの叫びに反応したプレイヤーが、素早くその場から移動する。

鯱の口からまるでレーザーのような光が放たれ、何人かのプレイヤーとモンスターたちを撃ち抜いた。魔法攻撃《まほうこうげき》か⁉　敵味方関係なしか！

もう一匹の鯱から再びレーザーが放たれる。避《よ》けきれなかったプレイヤーとモンスターがまたしても犠牲《ぎせい》になった。

「おいおい、冗談《じょうだん》やないで……移動砲台《ほうだい》かいな」

たまたま近くにいたトーラスさんの声が耳に入る。移動砲台か。確かに言い得て妙《みょう》だ。

「撃つ前に目が赤く光るわ！　光ったら回避行動を！」

「んなこと言われても……！　モンスターを相手にしてるときにそんな余裕《よゆう》ねぇよ！」

どうやらあの鯱は連発してレーザーを放つことはできないようだ。だけどもクールタイムをカバーするかのように、その間にもう一匹がレーザーを放ってくる。

常に移動し続けないと、レーザーに撃ち抜かれてしまう状況《じょうきょう》だ。くそっ、周りのモンスターがホント邪魔だな！　むっ⁉

「【ミラーシールド】！」

鯱が放ったレーザーをアレンさんが大盾で受け止める。鏡のような輝きを纏った大盾は、レーザーを完全に受け止めると、それを鯱へと速《すみ》やかに反射した。

魔法攻撃の何割かを跳《は》ね返す戦技【ミラーシールド】か。やっぱりあのレーザーは魔法なんだな。

だけどアレンさんに跳ね返されたレーザーをすいっと余裕でよける鯱。くっ、そう簡単に反射攻撃を受けてはくれないか。

学習能力はあるようで、次に鯱がレーザーで狙ったのは盾職以外のプレイヤーだった。

「くっ、【ガーディアンムーブ】！【ミラーシールド】！」

アレンさんが狙われたプレイヤーの前に一瞬にして移動した。鯱から放たれたレーザーを再び反射する。

対象への攻撃を自動で受ける【ガーディアンムーブ】を使ったのか。だけどあれってクールタイムが必要で連続では使用できなかったはず。

伊達眼鏡で鯱の弱点を看破する。ちっ、両面宿儺と同じく弱点なしか……いや？　地肌《じはだ》の金色でわかりにくかったが、尻尾《しっぽ》が黄色く点滅している。

黄色の属性は……！

「鯱の弱点は尻尾！　雷属性に弱い！」

僕の言葉を受けて、最初に動いたのはやはり【雷帝】のユウだった。

鯱の一匹へと向けて一気に駆け出していく。

鯱へ迫るユウを迎《むか》え撃とうと両面宿儺がユウの前へと立ち塞《ふさ》がる。邪魔させるか！

僕は両手のディアボロスを両面宿儺に向け、引き金を引いて魔力弾を打ち出した。

ユウに向いていた両面宿儺がこちらに気付き、魔力弾をあっさりと躱す。前後にあるあの四つの目には死角などないのかもしれない。

だが、その隙を突いて、ユウが両面宿儺の横をすり抜けた。残念だったな。わずかに気を逸《そ》らせれば充分《じゅうぶん》なのさ。

「【雷槍《らいそう》】」

ユウの掌《てのひら》から放たれた稲妻の槍《やり》が、レーザーを放とうとしていた鯱の尻尾に炸裂する。

一発で尻尾を破壊された鯱は、そのまま地面へと落ち、光の粒へと変化した。

するともう一匹の鯱が、『嫁《よめ》さんの仇《かたき》だ！』とばかりにユウに向けてレーザーを放とうとする。

「【ガーディアンムーブ】。【ミラーシールド】」

ユウの前に一瞬にしてウェンディさんが現れ、鯱の攻撃を反射した。

反射されたレーザーを鯱がすいっと躱すと、見計らっていたようにユウがそこに飛び出し、雷を纏った拳を鯱の尻尾へと食《く》らわせる。

「【天雷】」

両面宿儺に食らわせた時のように、轟音とともに雷属性の一撃が鯱の尻尾を粉々に撃ち砕《くだ》く。

ユウの職業【強撃者《ストライカー》】は、MP《まりょく》とST《スタミナ》を使って一撃の攻撃力《こうげきりょく》を上げることのできる、一撃必殺に特化したジョブだ。

その上弱点属性で攻撃されてはひとたまりもあるまい。

ヘイトを稼いでしまったユウのもとに、両面宿儺が一直線に迫っていく。振りかぶった斧と剣が、同時にユウに振り下ろされた。

「く……！」

なんとかガントレットでガードしたユウだったが、両面宿儺の膂力《りょりょく》の前に、塀まで吹っ飛ばされてしまった。

「【大切断】！」

「【疾風《しっぷう》突き】！」

いつの間にか接近していたミウラとシズカが、両面宿儺の左右から攻撃を仕掛ける。

しかし両面宿儺の放った矢でミウラは射貫《いぬ》かれ、シズカの薙刀《なぎなた》は剣に弾かれてしまう。

矢に吹っ飛ばされたミウラが地面に落ち、薙刀が弾かれたシズカへ向けて、斧の一撃が振り下ろされる。

あの一撃はマズい！　両面宿儺を邪魔すべく、僕はディアボロスの銃口《じゅうこう》を奴《やつ》へと向けた。

しかし僕が引き金を引くよりも早く、別の魔弾が両面宿儺の腕を見事に撃ち抜く。

「シズカちゃん、下がって！」

「わ、わかりましたわ！」

レンの指示に従い、シズカがその場から下がると、続けて二発の銃声《じゅうせい》が響《ひび》き、両面宿儺の胸と肩に魔弾が炸裂した。

レンのスナイパーライフルか。あんな遠いところからよく当てられるな。

後方にいるレンを振り返り、視線を両面宿儺へと戻す。

被弾《ひだん》した両面宿儺が動きを止める。チャンスと見た僕は、両面宿儺へ向けて【加速】を発動させた。

「【分身】！」

八人に分身した僕が両面宿儺を取り囲む。くらえ！　全方位からの八十連撃！

「【双星斬】！」

両手に持つディアボロスが二つの星の軌跡《きせき》を描《えが》く。そのうちいくつかは防がれてしまったが、それでも大ダメージのはずだ。

【加速】と【分身】でＭＰがすっからかんになった僕は、すぐさまそこから離脱《りだつ》する。ヒット＆アウェイが僕の戦い方だ。

ダメージを受けた両面宿儺は幸いにも追撃《ついげき》してはこなかった。

今のうちにＭＰを回復せねば……！

インベントリからマナポーションを取り出して一気に飲む。一本だけじゃ全快しないので、続けて二本飲んだ。くそっ、相変わらず不味い……。

ハイマナポーションを作れるようにならないとな……ん？

なんか両面宿儺の様子がおかしい。その場から動かず、キョロキョロと首を回し、注意深く辺りを窺《うかが》っている。なんだ？

あれ？　頭の上になにかアイコンが回っている。目玉にバツ印の……あ！　ディアボロスの【呪《のろ》い】の効果か⁉

「両面宿儺は目が見えていない！　【失明】の【呪い】が付与されたぞ！」

僕が叫《さけ》ぶと、それに反応して一番近くにいたミウラが暴風剣スパイラルゲイルを思いっきり下から両面宿儺に斬《き》り上げた。

「【昇龍斬《しょうりゅうざん》】！」

『グガッ⁉』

まともに逆袈裟に斬り裂《さ》かれた両面宿儺がたたらを踏《ふ》む。

そこへリンカさんと【カクテル】のギルマス、ギムレットさんがハンマーを振りかぶりながら駆け寄っていく。

「「【スイングハンマー】！」」

『ゴフォッ!?』

左右からすれ違うように駆け寄った、二人のハンマーが両面宿儺の腹と背中（こっちも腹か？）に炸裂した。

「【スパイラルランス】！」

「【トールハンマー】！」

『グ、ガァッ……！』

リゼルとジェシカさんの魔法が失明状態の両面宿儺を直撃《ちょくげき》した。あの状態では避けられまい。今のあいつなら近接攻撃よりも遠距離《えんきょり》攻撃《こうげき》のほうが確実にダメージを与《あた》えられる。

両面宿儺のＨＰが大きく減っていく。すでに四分の一を切っている。

両面宿儺はやたらめったらと弓矢と火魔法を周囲に向けて放つ。

むちゃくちゃな攻撃だが、よく見ていれば躱すことは難しくない。【失明】の効果がどれだけ続くのかわからないが、みんなこの隙を逃《のが》すわけもなく、次々と戦技を放っていく。

『グラララァ！』

「っ⁉　みんな、気をつけろ！」

両面宿儺のＨＰがレッドゾーンに突入《とつにゅう》した。と、同時に【失明】の効果が切れる。さらに両面宿儺の武者鎧が吹き飛び、肥大した筋肉が剥《む》き出しとなった。バチバチと黒い稲妻を全身に纏い、明らかにパワーアップ状態になっている。最終形態か。

だがどんなにパワーアップしても無駄《むだ》だぞ。レッドゾーンに突入したのが運の尽《つ》きだ。

僕は【加速】を使い、一気に両面宿儺との距離を詰めた。

「【首狩《くびか》り】」

『ガ？』

えっ？　というような声を上げた両面宿儺の首が、スパンと宙を飛ぶ。

首があり、レッドゾーンに突入していれば、【首狩り】の発動確率は相手のレベルに関係なく一〇〇％なのだ。

エリアボスには効かないらしいが、残念ながらお前はエリアボスじゃない。

バタリと倒れた両面宿儺の身体が、地面に落ちた首とともに光に包まれてその場から消えた。

同じようにプレイヤーたちと戦っていたモンスターたちも光の粒となって消える。きっと城主モンスターを倒したからだろう。

……あれ？

勝ったというのに他のプレイヤーたちがポカンとしてこちらを見ている。え、なに？

そのタイミングで無神経なファンファーレが鳴り響き、その場にいたみんなが、ビクッ！

と身体を震《ふる》わせた。


『おめでとうございます。霧骸城攻略《こうりやく》に成功しました。攻略ギルドである【スターライト】、【月見兎《つきみうさぎ》】、【六花《りつか》】、【カクテル】、【ザナドゥ】、【ゾディアック】、並びに参加したソロプレイヤーの方々に初回　攻略報酬《こうりやくほうしゆう》が贈られます。初攻略おめでとうございます』


あれ？　これって領国内の全プレイヤーに届くワールドアナウンスだ。エリアボスを倒したわけでもないのにな。

「えっと……勝った、のか？」

「アナウンスでそう言ってたし……勝ったんじゃない？」

「いや、なんかあっさりし過ぎというか、なんというか……」

みんな『なんだかなぁ……』という顔を見合わせている。

え、なにこの空気……。僕のせいですか？

「あー……諸君！　とにかく僕らの勝ちだ！」

アレンさんが強引《ごういん》にそう叫ぶと、みんなから堰《せき》を切ったような歓声《かんせい》が上がった。

なんかモヤッとするが、まあ、細かいことは気にしないでおこう。

【怠惰（公開スレ)】雑談スレその 644

001：マルオ
ここは【怠惰】の雑談スレです。有力な情報も大歓迎。大人な対応でお願いします。

次スレは >>950 あたりで宣言してから立てましょう。

過去スレ：
【怠惰】雑談スレその 1 ～ 643

027：コーラス
いやもう完全に『首狩り兎』やん……

028：ファンターン
ヴォーパルってる

029：ポン
なにあれ
即死スキルなの？

030：ラムネス
忍者から暗殺者にクラスチェンジしたか……

031：ポカリム
マジで即死スキルなら無敵じゃんか

032：ペプス
いや、さすがにそれはチート過ぎる
なにかしらの縛りはあると思う

033：ボゥス
まあなあ
一日に一回とか？
二回使ってるか

034：ソーダム
なにかのアイテム使ったとか

035：ドクペパ
ＬＵＫ(幸運値）頼りの発動かな

036：イルハス
つーかウサマフさんの一味、攻略速過ぎ！
どこでそんな城の情報手に入れたんだよ

037：ボゥス
あれか？　噂の『調達屋』からか？

038：コーラス
>> 036

調達屋

039：ソーダム
>> 036
おそらく調達屋

040：ゴティ
『調達屋』ってホントにいんの？

041：ポン
『調達屋』ってなに？

042：ペプス
>> 041
情報でもアイテムでも手に入れられない物はないという謎のプレイヤー、あるいはＮＰＣ

043：ドクペパ
>> 041
都市伝説

044：ファンターン
どう考えても運営側のプレイヤーな気がするんだけども

045：ラムネス
今回のは速過ぎる
第五エリアが解放されてまだ何日も経ってないのに

046：ソーダム
エリア初突破組が次のエリアでも先んずるのはある意味普通のことなんだが

047：アラタカ
【エルドラド】が昨日やっとフロストジャイアント倒したって報告してなかった？

048：コーラス
元【エルドラド】の【ザナドゥ】がさらに先を行ってしまったなあ

049：ドクペパ
どうやったらウサマフさん一味に加われるのか教えろ下さい

050：ポカリム
別にあれってクランとか組んでるわけじゃないんだよな？
あの人らって知り合いのギルドで固まっただけ？

051：ペプス
ソロも何人か入っているけどな
【雷帝】とか

052：ポン
フロストジャイアント戦のメンバーでそのまま行ったっぽいね

053：イルハス
つうかさ、あの投石機、城攻略に必須じゃね？

木工スキルで作れんの？

054：ソーダム
作れる
そこまで難しくはないが、素材が良くないとすぐ壊れる

055：ゴティ
>> 053
作れるけどBランク以上の木材じゃないと壊れる

056：ボゥス
【矢避け】の効果は欲しいかもなあ
あの矢の雨はキツいぞ

057：コーラス
盾職に盾二つ持たせて、上と前を防ぐってのは

058：イルハス
>> 056
【精霊使い《エレメンタラー》】なんていねえ

059：アラタカ
【精霊使い《エレメンタラー》】はレア職だからなぁ
精霊とのイベントをこなさないとなれない

060：ドクペパ
銃まで撃ってくるんですが、それは

061：ラムネス
>> 060
ウサマフさんも持ってるだろ
銃っつーか、ガンブレードだが

062：ボゥス
銃なんて作れたんだな
【魔工学】？

063：ペプス
【魔工学】だな
【魔工学】自体はレアだが、いくつか見つかってる
問題は銃の素材
レアすぎてガチャでしか当たらない
というか落とす敵が見つかってない

064：ドクペパ
スナイパーになりたい

065：ファンターン
俺の後ろに立つな

066：ポカリム
>> 065
それ原作にねえから

似たセリフはあるが

067：ポン
マジな話、ＰＫが銃持ったら怖くない？

068：コーラス
いや、リアルと違って頭や胸を撃たれても一発では死なんし

069：ソーダム
距離と防御力があればダメージも受けないと思う

070：ゴティ
【即死】付与の弾丸があれば可

071：ペプス
>> 070
いや、可能は可能だけど、それって【即死】効果の攻撃ができるってだけで、発動するかどうかはまた別問題なんだけども
【即死】発動率 0.01% とかの弾丸で殺せるか？

072：ドクペパ
一万発撃てば……

073：イルハス
マシンガンかよｗ

074：ラムネス
もうスナイパーじゃないｗ
ギャング

075：ポカリム
ウサマフさんのは正確には銃じゃなく魔導銃だが

076：ファンターン
マシンガンは作れないの？

077：ボゥス
一発の威力はそこまでじゃないっぽい
剣で切ったくらい？

078：アラタカ
>> 076
作れないと思う
世界観的にアウトなんじゃね？

079：ソーダム
バズーカとか
アームストロング砲とか

080：ゴティ
大砲はアリなんじゃないかな
船に積んで海戦とかやってみたい
負けた方は沈没するから被害がでかいが

081：イルハス
>> 079
バズーカは無理だろ

082：ラムネス
銃も使っていけば戦技が使えるようになるんじゃね？

083：ペプス
たぶんなる
弓の【サウザンドレイン】みたいに、銃の戦技で連射できるようになるなら、もうそれはマシンガンなのでは

084：ゴティ
ということは銃の戦技に長距離狙撃もあるね

085：ポン
ゲームでの弓と銃の違いってなんなの？

086：ペプス
基本的に弓はＳＴＲ《きんりょく》が威力に加算される
銃は誰が撃っても同じ威力

087：ポカリム
魔力を弾にする魔導銃ならＩＮＴ《ちりょく》が高い方が威力があるんじゃ？

088：ペプス
いや、魔導銃の威力にＩＮＴは関係ない

089：コーラス
>> 087
それなら魔法使い職はみんな杖じゃなく銃持つわ

090：ファンターン
>> 086
それだけ聞くと銃にメリットがあまりない気がするけど……

091：ボゥス
いや、ＳＴＲが低くても銃次第では強い遠距離攻撃が誰にでもできるってことだろ？
かなりのメリットだと思うが

092：ラムネス
ううむ、弓使いから銃使いにクラスチェンジしようかと思ってたけど、ちょっと微妙かな……

093：アラタカ
今まで鍛えたＳＴＲが無駄になるからな
いや、無駄ってことはないのか？

094：イルハス
無駄だろ
初めから銃使いになるならＳＴＲ上げなくてもよかったわけだし

095：ソーダム
弓使いだと【チャージ】とかＳＴＲ上昇系のスキルを取ってるだろうしなあ

096：ポカリム
途中から戦闘スタイル変えるのはやはりデメリットがあるよ
それはしゃーない

097：ゴティ
追加や新しく発見されたジョブだと先行組は辛いよな
後発のプレイヤーの方が情報がある分じっくりと考えられる

098：ボゥス
だからって後発組がトッププレイヤーになれるかというと……

099：ペプス
自分なりのスタイルを見つけてそれを究めていくしかないだろ
スキルや戦技の組み合わせは何通りもあるんだから

100：ポン
ウサマフさんの【分身】と【双星斬】ってかなり凶悪な組み合わせよね……

101：ラムネス
一回で八十連撃だからな
一撃一撃は軽くてもそれだけ受けりゃ大ダメージになるわ

102：アラタカ
さらにタチ悪いのは追加効果の発動率だろ
八十回もガチャ回せばよほど％低くなけりゃ一回くらいは当たると思う

103：コーラス
実際、両面宿儺に【失明】発動させてるしな……

104：イルハス
あの乱舞攻撃どうやって凌げってんだ……

105：ポカリム
高い防御力とＨＰでひたすら耐える
盾職なら死なないと思う
あとは【カウンター】当てりゃ勝ち

106：ポン
【即死】の追加効果付いてる武器だったらどうすんのよ

107：ファンターン
スパンと首切られて終わる気がする

108：ボゥス
あの即死スキル【ＰｖＰ】でも使えんの？
無敵なんでは……

109：ドクペパ
白い悪魔や

110：ペプス

あれだけ強いスキルなら何かしらのリスクはあると思うんだけどな
そんなバンバン使えるものじゃないと思う
検証ギルドの報告待ちだね

111：ラムネス
私はそれよりもウサマフさんの装備が気になった
書生スタイルよくない？
眼鏡も似合ってる

112：ゴティ
ウサマフさんと同じギルドの【鬼神族《オーガ》】の子もなかなかキマってた
若武者スタイル

113：アラタカ
女の子なのに若武者ってのがイイ

114：コーラス
第五エリアがジパングチックだから合わせたんだろうな

115：ポカリム
武者鎧はちょっと惹かれる
戦国大名の鎧とか売れそう

116：ソーダム
そうなると馬に乗れないとなあ
【乗馬】スキル取るか？

117：ペプス
【乗馬】スキル自体は手に入らないこともないが、馬がなかなか手に入らないぞ
馬車を馬ごと買うしかない
まだ【獣魔術】でモンスターを使役した方が楽

118：ファンターン
馬型のモンスターっていたっけ？
ユニコーンとかペガサス？

119：ゴティ
【色欲】の第四エリアにバイコーンはいるらしいけど

120：ドクペパ
馬頭

121：イルハス
頭だけじゃねえか

122：ラムネス
第二エリアで牧場作ってるプレイヤーがいるけど、馬を繁殖させてたぞ

123：ソーダム
まさかの生産馬

124：ポン

競馬でもやるの？

125：ボゥス
こ、これは一大ムーブメントの予感

126：コーラス
ぶっちゃけ馬は売れると思う

127：ポカリム
馬を育てるスキルなんてあったか？

128：アラタカ
一応【畜産】ってのはあったと思うけど

129：ゴティ
あれって牛とか豚とか食べる系だけじゃないの？

130：ファンターン
馬も元々は食肉用だったって言うしなあ

131：ペプス
家畜ってのは人間が生活に役立つように野生動物を品種改良したものだからたとえモンスターでも家畜

132：ソーダム
馬はファンタジーに必須だから需要が多そう

133：アラタカ
移動に関してはポータルエリアを使っちゃうからあまり馬は使わないと思うけどな

134：ドクペパ
騎馬軍団のギルドを立ち上げたい
ギルド名は【風林火山】

135：ラムネス
どこと合戦する気だ

136：アラタカ
>> 134
鉄砲隊の三段撃ちにやられる未来しか見えない

137：ソーダム
馬自体はＨＰ高くないから戦闘向けじゃないし、死んだら復活しないぞ
もったいない、というか可哀想だろ

138：ボゥス
馬鎧必須

139：コーラス
馬鎧装備させればそれなりに防御力は上がると思うけど……

140：イルハス

スライムやゴブリンくらいなら蹴散らせるかもだが、第五エリアのモンスターとなるとキツくね？

141：ゴティ
やっぱりモンスター馬の方がいいと思う

142：ドクペパ
ユニコーンがいい

143：ファンターン
スレイプニルはいないのか

144：ポン
>> 142
清らかな乙女なの？

145：ドクペパ
>> 144
汚いオッサンだが？

146：ポカリム
馬に蹴られて死んじまえ

・
・
・

DWO:07:03 【帝国】に怯える人々

【Real World】

「よっ、『首狩り兎』」

「ケンカなら言い値で買うぞ」

朝、登校すると待ってましたとばかりに奏汰《かなた》が絡《から》んできた。くそ、動画を見られたか……。

僕らが攻略した霧骸城での戦いは、さっそく実況《じっきょう》動画にされて公開されていた。

一応、プライバシーを考慮《こうりょ》してボカシなどは入っているが、知り合いが見ればすぐにわかる。

当然、両面宿儺を首狩りした場面もしっかりと流れていたわけで……。

「っていうか、なにあのスキル⁉　反則じゃないの⁉」

「スキルじゃない、【首狩り】って奥義《おうぎ》だ。いろいろ条件もあるし、そうそう乱発もできないから使いどころが限られる」

奏汰と同じく遥花《はるか》も絡んできた。兄妹揃《きょうだいそろ》って朝からうるさい奴らめ。

「前にフロストジャイアントの斧とかも壊《こわ》してたよな。あれも同じ奥義か？」

「あっちのは【夜兎鋏《やとのはさみ》】って武器破壊の奥義だよ。別のやつだ」

「武器破壊とか……もうお前と【ＰｖＰ】したくねーな……」

そんな簡単に壊せるものでもないんだけどな。双剣《そうけん》は武器の耐久性《たいきゅうせい》が低いから、かなりくらわせないと破壊できない。フロストジャイアントの斧のように、元から傷《いた》んでいたものなら簡単に壊せるけどさ。

二人と『ＤＷＯ《デモンズ》』の雑談をしていると、リーゼがやっと登校してきた。

「リーゼ、おはよー」

「おはよう、遥花」

お隣さんだし、いつもなら同じ時間帯に家を出るので、僕とリーゼは一緒《いっしょ》に登校することが多いのだが、今日は一緒にならなかった。

一緒に登校しようと約束しているわけでもないので、そういう時はお互《たが》い気にせず先に登校することにしている。

「遥花、一時限目の英語の翻訳《ほんやく》やってきた？」

「あっ、忘れた……」

「ヤバい、俺《おれ》も……」

リーゼの言葉に双子《ふたご》が顔を青くしている。どうやら今日の授業で当たるのを忘れていたようだ。当たり前だが兄妹《きょうだい》なので名字は同じであるため、遥花が当たるなら奏汰も当たる。

リーゼが笑いながらため息をつきつつ、自分のノートを手渡《てわた》すと、二人は彼女を拝むようにして自分の席へと戻《もど》っていった。今から丸写しするのだろう。間に合うといいけどな。

ちゃっかり自分も写させてもらおうと奏汰まで遥花についていった。

「白兎《はくと》君、ちょっと聞きたいんだけど……」

「ん？」

二人が立ち去るとリーゼが隣の席に腰を下ろし、僕にこそっと声をひそめて尋《たず》ねてきた。

「あのね、【連合《うち》】の諜報部《ちょうほうぶ》にいる知り合いから聞いたんだけど、『DWO《デモンズ》』で【帝国】側のプレイヤー登録がここ最近多くなっているらしいの。皇帝《こうてい》陛下絡《がら》みなんじゃないかって話もあって……。白兎君、なんか知ってる？」

リーゼの真剣《しんけん》な声に僕は訝《いぶか》しんで目を細めた。【帝国】側がプレイヤー登録？　皇帝？

……いや、ミヤビさんからは別にそんな話は聞いていないけど……。

あ⁉　そういやガストフさんが部下も誘《さそ》ってみるとか言ってたな……！

上司の遊びに付き合わされているのか？　接待ゴルフみたいなものだろうか。苦労してそうだなぁ……。

「あー……ミヤビさんは関係ないかな……。お偉《えら》いさんが一《いち》プレイヤーとして『DWO《デモンズ》』を始めたんで、部下の人たちも付き合いで登録しているんじゃないかと思うんだけど……」

「お偉いさん……？　い、一応聞くけど……誰《だれ》？」

「えっと……。帝国宇宙軍元帥《げんすい》……」

僕の言葉を聞いたリーゼが頭を抱《かか》えて机に突っ伏《ぶ》した。

「なんで⁉」

「成り行きとしか……」

リーゼにギロッと睨《にら》まれたが、そうとしか言いようがないんだよ。

「なんで帝国宇宙軍元帥がプレイヤーになって参加しているわけ？　VIP待遇《たいぐう》なんだからせめてシークレットエリアに引きこもっててよ……！」

リーゼがブツブツと愚痴《ぐち》を漏《も》らす。……まあ、『DWO《デモンズ》』はレンのお父さんの会社、レンフィル・コーポレーションと、主に【連合】が管理しているらしいからな。扱《あつか》いに困る客、という感じなんだろう。

「別になにか問題を起こしているわけじゃないんだろ？」

「まだなにか起こしているわけじゃないけど……【連合】や【同盟】のプレイヤーと揉《も》めたりしないか心配なんだよ、運営《むこう》は」

考えすぎだと思うけどなぁ……。ガストフさんって細かいことをいちいち気にするタイプには見えなかったし。揉めたとしてもそれを政治の世界に持ち込んだりはしないんじゃないの？

「ま、まあリーゼには直接関係ないし、放っておいても大丈夫《だいじょうぶ》だろ」

「まあ、そうなんだけどさ。聞いた話だとその連中、もう既《すで》に第二エリアを突破《とっぱ》したらしいんだよね」

「え!?　もう第二エリアをか!?」

ガストフさんが『DWO《デモンズ》』を始めてからまだそんなに経《た》ってないぞ？　いくら序盤《じょばん》が簡単で、攻略法《こうりゃくほう》がサイトに溢《あふ》れているからって速すぎないか!?

そういやあの人らって意識をVRに残して切り離せるんだっけな……。まさか毎日ログ

イン限界時間ギリギリまでプレイしてるのか？　ものすごくハマってますやん……。僕は廃人《はいじん》を一人生み出してしまったのかもしれない……。

【帝国】の人がわけのわからないことをやるたびにこっちは戦々恐々《せんせんきょうきょう》としてるんだよ……。なにか裏があるんじゃないかとか、皇帝陛下の策略なんじゃないかとか……」

「いや、深読みしすぎだろ……。あの人らはそこまで考えてないぞ、たぶん」

「白兎君の話を聞くとそれが本当だってわかるんだけどねー……。だけどこれ報告できないしさぁー……」

まあ報告したら『誰から聞いた？』ってなるもんな。僕の名前を出せばリーゼはミヤビさんに物理的に狩られる。もちろん止めるけどさ。

「なんか全部の問題が白兎君のせいに思えてきた……」

「ふざけんな」

誰のせいかといえばミヤビさんのせいだろ。僕は関係ないぞ。あ、いや、ちょっとは関係あるけど。

正確には僕のご先祖様が……って、ミヤビさんも僕のご先祖様だな。あれ？　やっぱり思いっきり関係あるな……？

「それにしてもそんなに【帝国】の顔色を窺う必要があるのか？　【連合】も【同盟】も同じ規模の組織なんだろう？」

「規模は同じでも軍事力は大違《おおちが》いだよ。たぶん【連合】と【同盟】が手を組んで【帝国】と戦争をしても、一週間ともたないんじゃないかなあ」

え、マジで？　そんなに差があんの……？

「【帝国】ってミヤビさんが打ち立てた新興国じゃなかったっけ……？」

「そだよ。千年足らずであそこまでの軍事国家を作り上げるなんて尋常《じんじょう》じゃないよ。いろんな星の荒《あら》くれ者や天才たちを次々と支配下にしていったからね。皇帝陛下に心酔《しんすい》してる者が多いし、国としてはとんでもなく強いよ。まあその全員より皇帝陛下一人の方が強いってのが一番とんでもないんだけど……」

なんかうちのご先祖さん、とんでもない人物なんですけど……。

「そしてその【帝国】を受け継《つ》げる人物が目の前にいるわけですが」

「おいやめろ、どっから漏れるかわからないんだぞ。僕だけじゃなく、地球までヤバくなるだろ」

「だよねぇ……。冗談じゃないところが怖《こわ》いよ」

リーゼが力無い笑いを浮かべた。【帝国】の宰相《さいしょう》であるマルティンさんの話だと、僕がミヤビさんの後継者《こうけいしゃ》である、このことがバレれば間違《まちが》いなく良からぬ輩《やから》が動き出すという話だった。

『龍眼《りゅうがん》』は誰にも見せない方がいいとのこと。

「まあ、その良からぬことを考えた輩は間違いなくこの世からいなくなるでしょうが……」

というマルティンの小さな呟《つぶや》きに乾《かわ》いた笑いしか出なかった。

狙《ねら》ってきたのが宇宙人ならまだいい。いや、よくはないけど……。

問題なのはそれが地球人だった場合だ。宇宙人とコンタクトをとっている地球人はそれなりにいるという。地球に帰化した宇宙人も、その子孫も。

それらが僕に邪《よこしま》な考えを持って接触《せっしょく》してきたとき、間違いなく【帝国】は潰《つぶ》しにかかると思う。

それが火種となって、【帝国】が『地球に価値なし』と判断したらどうなる?

元々、地球の宇宙進出に好意的じゃない【同盟】はここぞとばかりに【帝国】と足並みを揃《そろ》えるだろう。

よくて地球は放置、最悪、侵略《しんりゃく》が始まりかねないのだ。

もちろん、そんなことになったらなんとしてでも止める気ではいるが……。止められるかなぁ……。

　こないだのように無理やり眠《ねむ》らされて、気がついたら宇宙に連れ出され、すでに地球は消滅《しょうめつ》、なんてことにならないようにしたい……。

「そういや逃《に》げ出した幻想種《ファンタスマゴリア》の方はどうなった？」

「なんにも進展なし。罠《わな》にかかった様子もないし、なんらかの足跡《あしあと》もないって。休眠期《きゅうみんき》に入ったんじゃないかってみんな言ってる」

　幻想種《ファンタスマゴリア》はありとあらゆるものに擬態《ぎたい》することができる。石や木などに擬態して休眠期に入ったとしたら、ほとんど見つけるのは無理なんだそうだ。

「だけどそれならある意味悪人に利用されることもないから安心じゃないのか？」

「まあ、そうとも取れるけど……。不安要素なのは変わらないからねえ。ホント『同盟《むこう》』にバレないことを祈《いの》るよ……」

　リーゼが再び机の上に突《つ》っ伏す。

　組織に所属していると色々と大変なんだな……。

◇　◇　◇

一日の授業を終えて、リーゼと共に帰路に就《つ》く。僕らは部活にも入ってないし、同じクラスでお隣さんだからどうしても同じ時間に帰ることになる。

夕方になると肌寒《はださむ》くなってきた。そろそろ秋になりつつある。

紅葉を見せ始めた『おやま』が帰り道の河原の土手から遠くに見える。

百花おばあちゃんに聞いた話と、【帝国】の催眠《さいみん》装置で見せられた夢を照らし合わせると、千年前、ミヤビさんが宇宙船で落っこちた山ってのは、あの『おやま』なんだろうな。確か天外山《てんがいさん》とか言ったたか。天外……天の外、宇宙の山とはよく言ったものだ。

「そういや前に白兎君、ここで宇宙人の襲撃《しゅうげき》を受けたんだよね」

「は？　襲撃？」

河原を見ながらリーゼがぼそっと不穏《ふおん》なセリフを吐《は》く。

襲撃ってなんだ？　そんな記憶《きおく》はないけど……。

「あー……あはは、記憶を改竄《かいざん》したからねえ。今更《いまさら》だけどごめんね」

「ちょっ、なにしてくれてんの⁉」

リーゼの話によると、地球に逃亡《とうぼう》していた小型宇宙人がここらに潜伏《せんぷく》していたそうだ。

それとたまたま遭遇《そうぐう》した僕らはその全身緑色の宇宙人に襲《おそ》われたが、リーゼがショックガンで麻痺《まひ》させたらしい。

そこまではよかったが、そのあと宇宙人とリーゼのショックガンを目撃《もくげき》してしまった僕も撃《う》ち、気絶させて記憶を一時間ほど改竄させたという。

「あのカッパ騒《さわ》ぎの時か……」

「あの時大変だったんだから。母艦《うえ》から応援《おうえん》を呼んで、カッパを引き取ってもらったり、白兎君の記憶をいじってもらったりで……。あ、こ、皇帝陛下には言わないでね！　皇太子暗殺未遂《みすい》とかじゃないから！」

いや、言わないけどさ……。そうか、カッパ騒ぎの正体は逃亡してきた宇宙人だったか。

「宇宙人ってそんなに地球にやってきているのか？」

「地球は無政府惑星《わくせい》だからね。紛《まぎ》れ込《こ》んでしまえば発見が難しいんだよ。それなりに文化はあるし、こっそりと暮らしていくには問題ない。未開地惑星だから私たちも大っぴらに手を出せない。犯罪者にとって都合がいいの」

「無政府って……一応いくつも国があるだろ」

「惑星内で統一された政府がないじゃん。地球人の代表、惑星主席、地球元首って誰？　それじゃあ戦国時代と変わらないよ。地球人としてまとまっていないんだから」

ううむ、そう言われるとそうかもしれないが。地球が一つにまとまっていない以上、無政府と言われても仕方ないのか？　でも世界統一なんてできるのかね？

「地球が【連合】にしろ【同盟】にしろ、加入する時には惑星国家として樹立することになると思うよ？　半ば強制的にかもしれないけど」

「それって断った時はどうなる？」

「どうもしないんじゃない？『じゃあさよなら』って手を引くだけだと思うけど。地球の外宇宙進出はまず無くなるね。あ、太陽系内でわいわいやる分には問題ないと思うけど」

太陽系内でわいわい、か。スケールの大きな話のはずなのに、なぜかショボく聞こえるな。

宇宙人の手を借りなければ、太陽系の外、銀河のそのさらに先にまでは進出できないってことなのか。

それどころか、地球が【連合】や【同盟】の監視《かんし》を離れれば、他の宇宙人が侵略しに来てもおかしくないのかもしれない。

「まぁ、そうなったら真っ先に侵略しようとするのは【帝国】だと思うけどね……皇帝陛下のお気に入りみたいだし。たぶん侵略完了《かんりょう》するまで一日もかからないと思うよ」

「マジかぁ……」

そんなXデーは来ないことを切に願う。というか、そうなったら僕《ぼく》が止めないといけないのか……？

しかし、こうなるとますますもって地球人の印象を良くしないといけないなあ。

「皇帝陛下が地球を侵略したとしても、白兎君がねだれば太陽系ごとくれるんじゃない？誕生日とかに」

太陽系ごとって……。そんなでっかい誕プレなんぞいらんぞ……。

でも最悪それもアリなのか……？　いやいや、ないわ。ないない、うん。

帰りにスーパーに寄ることにした。リーゼも伯父夫婦《おじふうふ》（という刷《す》り込みをされた赤の他人だが）の手伝いで、たまに買い物をして帰宅する。

「うちは今日、カレーだって。白兎君のとこは？」

「うーん、今日はどうするかな……」

伯父夫婦からのメールを見て、リーゼが買い物カゴにカレーの食材を手際《てぎわ》よく入れていく。

うちはおととい カレーだったからな。別なものにしよう。

一人なら別になんでもいいんだが、うちにはよく食う双子の子狐《こぎつね》がいるからなあ。

しかも最近舌が肥えてきたのか、味に注文をつけるようになってきた。

見た目がそっくりな二人ではあるが、味に関しては意外と好みが分かれる。

ノドカはこってりとしたものを好むが、マドカはあっさりとした味を好む。

甘味《かんみ》に関しても、ノドカは洋菓子《ようがし》派、マドカは和菓子《わがし》派。

ノドカはうどん派。マドカはそば派。

ノドカはきのこ。マドカはたけのこ。

とまあ、あれでいて好みが違《ちが》うのである。

あくまで『好み』であって、食べられないというわけではないから、出したものはちゃんと食べてくれるが……。

基本、僕は売ってるものを見てから献立《こんだて》を決める。魚が安ければ魚料理にすることもあるし、旬《しゅん》の野菜が売っていればそれを使った料理に決めたりもする。面倒《めんどう》くさかったら冷凍物《れいとうもの》にすることだってある。臨機応変なのだ。

さて、今夜の夕食はなににするかね……。

悩《なや》んでいた僕の懐《ふところ》のスマホが着信を告げる。ん？　誰だ？

僕は取り出した着信通知を見て、スーパーの買い物カゴを持ったまま、思わず固まってしまった。

そこには『真紅《しんく》』とあり得ない着信通知があったからだ。

『真紅』って……あの『真紅』さんですか⁉　いや、番号交換《こうかん》も登録もしてないんですけど、なんで着信相手の名前が出るの⁉

そんな僕の動揺《どうよう》を無視して、スマホは『早く出んかい』と言わんばかりに振動《しんどう》を続ける。

「はい、もしもし……？」

『もしもし。こちら銀河帝国軍インペリアル級皇帝旗艦《こうていきかん》、戦艦《せんかん》名『真紅』です。皇太子殿《でん》下《か》であられますか？』

いやフルネーム？　で言わなくてもいいです。どっかの長寿漫画《ちょうじゅまんが》のタイトルみたいに聞こえます。あと、皇太子じゃないです。

『御夕食《ごゆうしょく》のことですが、皇帝陛下は「稲荷寿司《いなりずし》」なる物を御所望《ごしょもう》しております。是非《ぜひ》とも御一考《ごいっこう》を』

嘘《うそ》ん……ミヤビさんまた来てんの……？　夕食の注文まで指定してきたよ……。

でもなんで稲荷寿司？　あ、ノドカとマドカから百花《ももか》おばあちゃんちで食べた稲荷寿司のことを聞いたのか？

っていうか、なんで僕がスーパーで買い物しているのを知ってるんだよ⁉

『皇太子殿下の行動は逐一《ちくいち》宇宙《うえ》から見せていただいていますので』

「だから……！　宇宙人にプライバシーという言葉はないのか……⁉」

『御心配《ごしんぱい》なく。この情報は最重要機密扱いとなり、皇帝陛下でも元帥、宰相、諜報局長官《ちようほう》閣下の許可なくば閲覧《えつらん》できないようになっております。私以外この情報を知る者はございません』

……ならいいのか……？　いやいや、よくないわ！　一瞬納得《いっしゅんなっとく》しかけた僕だったが、すぐに考え直す。

『陛下は稲荷寿司の他にお酒のおつまみになるものも御所望されております。「疾《と》くせよ」とのことです』

「嘘だろ、追加注文まできた……」

『費用はこちらで持ちますので、ご心配なく』

そういうことじゃないんだが……。女皇帝のワガママっぷりに『逆らうだけ無駄』という結論に至った僕は、今日の献立を稲荷寿司に決定した。

はぁ、と大きなため息をつきながら電話を切る。

僕の様子を心配してか、リーゼが話しかけてきた。

「どうしたの？　誰から？」

「【帝国】の……」

「あー、やっぱいい！　聞かない！　何も聞いてないからね、私！」

言いかけた言葉を遮《さえぎ》ってリーゼはスタスタとスーパーの中を歩いていく。賢明《けんめい》である。懸命《けんめい》でもある。

「ノドカとマドカに聞いたのなら、稲荷寿司は百花おばあちゃんのところでいただいたやつの方がいいだろうな……紅《べに》しょうがの乗ってるやつ。あと、お酒のおつまみねぇ……」

当たり前だが僕はお酒を飲まないので、つまみと言われてもパッとは浮《う》かばない。もう柿《かき》ピーとかスルメでいいか……？

そんなことを考えていたら鮮魚《せんぎょ》コーナーで新鮮《しんせん》な鯵《あじ》を見つけた。

あ、鯵のなめろうなら前に作ったことがあるぞ。簡単だし、美味《おい》しいからあれでいいか。稲荷寿司で酢飯《すめし》を作るついでだ、今日は手巻《てま》き寿司《ずし》にしよう。で、作るのは各々《おのおの》にやらせようっと。

今日の献立が決定した。マグロ、サーモン、鯛《たい》、きゅうりに梅しそ、鶏《とり》ささみ、ハムにチーズ、たくあんと、次々と具材を買い物カゴに放《ほう》り込んでいく。

費用は向こう持ちなら遠慮《えんりょ》なく買ってやる。お、霜降《しもふ》り牛がある。牛肉の手巻き寿司もありだよね！

半ば自棄《やけ》気味に、僕はお高い牛肉を買い物カゴの中に入れた。

◇　◇　◇

「ただいまー」

「おかえりです！」

「おかえりなの！」

「おう、やっと帰ってきたの」

僕が帰宅するとさも当然というように、ミヤビさんがリビングにある三人掛《が》けのソファにごろんと寝《ね》そべっていた。

手には無色透明《むしょくとうめい》の液体が入ったグラスを持っていて、ローテーブルには父さん秘蔵の純米大吟醸《だいぎんじょう》が……。だから僕が飲んだと思われるだろ⁉

くっ、うっかり割ったとでも言うしかないか……。

「シロ、つまみじゃ。つまみを寄越《よこ》せ。酒だけでは味気ないわ」

「あのね……！　……ああ、もういいや。とりあえずこれでも食べてて」

僕はスーパーの袋《ふくろ》から、おつまみにと買ってきたチー鱈《たら》と柿の種を取り出した。

「なんじゃ、これは？　菓子《かし》か？　も少し手の込んだものがいいのう……」

「ちゃんとしたのは今から作るから」

ぶつぶつと文句を言うミヤビさんをリビングに残してキッチンへと移動する。

今日使わない食材は冷蔵庫へしまっておく。さて、始めるか。

「お手伝いします」

「うわぁ!?」

突然《とつぜん》背後から声をかけられて、危《あや》うく包丁を落とすところだった。

振《ふ》り向くと、赤髪《あかがみ》ロングのメイドさんが立っている。えっと、真紅さん、か？　正確には真紅さんの操《あやつ》るガイノイドだ。

「包丁持ってるんですから、脅《おど》かさないで下さいよ……」

「申し訳ありません。それで今晩のメニューは？」

「えっと稲荷寿司のついでに手巻き寿司を作ろうかと。あと鯵のなめろうも」

「手巻き寿司、鯵のなめろう……？　検索《けんさく》。……なるほど、自分で食材を巻いて食べる料理なのですね。ではこちらの下拵《したごしら》えは私がやりましょう」

真紅さんはそう言うと僕が買ってきた食材を巻きやすい形に切り始めた。

いや、切っているというか、それぞれの指先から光の筋が放たれたと思ったら、一瞬《いっしゅん》にして全部切れているんだが。包丁使わないの……？

まあそっちは真紅さんに任せて、僕は鯵を三枚に下ろし、小骨を取ってから包丁で叩《たた》いて細かくしていく。

ネギと生姜《しょうが》、青紫蘇《あおじそ》に味噌《みそ》を加え、さらに叩き続ける。全体的に細かくなり、粘《ねば》りが出てきたら完成っと。

味見をしてみたが、少し塩気が足りないか？　味噌を少し加えてさらに叩く。うん、こんなもんだろ。

「まだかー？」

「はいはい、今持って行くから」

とりあえずなめろうだけでも先に出さないとミヤビさんがうるさそうだ。

初めて見るであろうなめろうに、ミヤビさんは少し眉根《まゆね》を寄せていた。まあ、見た目はあまりよくないからな……が、少し箸《はし》で摘《つま》んでぺろりとそれを舐《な》めると途端《とたん》にその表情がにこやかなものに変化する。

「うむ！　なかなかに美味じゃ！　この酒とよく合うのう！　テクリスタ星の魔炎魚《まえんぎょ》に似た味わいじゃ」

テクリスタ星の魔炎魚ってのがなにかはわからないが、とにかく気に入ってくれたようだ。

上機嫌《じょうきげん》になったミヤビさんを残して、僕はキッチンへと戻る。

真紅さんはいつの間にかほとんどの工程を終わらせていた。酢飯も煮《に》汁《じる》で煮《に》立《た》てた油揚《あぶらあ》げももう用意されている。あとはそれを詰《つ》めるだけだ。

え、一人でできる量じゃなかったし、もっと時間がかかるはずなのに……。

「は、速いですね……」

「帝国皇帝旗《ていこくこうていき》艦《かん》ですので」

まったく答えになってない。いや、性能がすごいと言いたいのだろうか。

考えるだけ無駄な気がしたので、僕は目の前の油揚げに酢飯を詰めることにした。

今日作るのはすべて包む形ではなく、軍艦《ぐんかん》巻きのような上が開いて酢飯が見える形である。

最後にその上に紅しょうがを載《の》せて完成だ。酢飯と混ぜてもよかったが、今回はこの形にした。

さて次の、と油揚げに酢飯を詰めようとしたが、既に真紅さんがほとんど詰め終えていた。

「…………」

「帝国皇帝旗艦ですので」

それは聞いてないです。ま、早く終わったんだからいいか……。

桶《おけ》にいっぱいの酢飯とどっさりの稲荷寿司、たくさんの具材と海苔《のり》を持ってリビングへと持っていく。

「稲荷寿司です！」

「稲荷寿司なの！」

どっさりの稲荷寿司にノドカとマドカのテンションが爆上がりである。ここまで喜んでもらえると作った甲斐《かい》があるってもんだ。

ま、作ったのはほとんど真紅さんだけども……。

「ほほう、これが稲荷寿司かや。こっちの黒いのと具材はなんじゃ？」

「陛下、これはこちらの海苔に酢飯とお好みの具材を巻いて食べるものです。『手巻き寿司』と申します」

手際よく真紅さんが海苔に酢飯を載せ、その上にさらに細切りにされたマグロと紫蘇《しそ》を載せてくるりと巻いた。

「お好みで醤油《しょうゆ》とワサビをどうぞ」

真紅さんから手渡されたマグロの手巻き寿司を、ちょんと醤油につけてからパクリと口にするミヤビさん。

「うむ！　なかなかに美味《うま》い。なるほど、各々《おのおの》好みに合ったものを巻くのじゃな」

「御意《ぎょい》。食材さえ確かなものであれば料理人の腕《うで》はそれほど問われないものにございます。原始的ではありますが、理にかなったものかと」

なんかちょいちょい引っかかる言い方だが、まあ、問題はなさそうだ。

「美味しいです！」

「美味しいの！」

手巻き寿司には目もくれず、バクバクと稲荷寿司を食いまくるノドカとマドカ。そんなにか。

その様子に若干《じゃっかん》引きながらも、ミヤビさんも稲荷寿司に手を伸《の》ばす。

はむっ、と一口食べると、ミヤビさんの耳がピンと立ち、残りをはぐはぐと急ぐように食べてしまった。

「美味いのう！　これが稲荷寿司か！　地球の食い物でこれが一番美味い！　気に入ったぞ！」

「え、そんなに？」

ノドカとマドカに加え、ミヤビさんも稲荷寿司に夢中になってしまった。なんだこれ？

やっぱり宇宙人でも狐《きつね》と油揚げって関係あるのか？

いや、もしかして逆なのか？　地球に来ていた狐のような宇宙人が油揚げが好きで、それが広まったとか……？　まさかね。

そんな考えをしている間に、稲荷寿司がどんどんと減っていく。嘘だろ、けっこう多めに作ったのに……。

そしてついにすべての稲荷寿司が三人の胃袋《いぶくろ》に消えてしまう。結局、僕はひとつも食べられなかった。

「おかわりをお持ち致《いた》しました」

「うむ！」

いつの間にかリビングから消えていた真紅さんが、キッチンから新しい稲荷寿司の山を持ってきた。え、もう次の作ったの⁉　いくらなんでも速すぎるだろ⁉

「帝国皇帝旗艦ですので」

「それ、言いたいだけでしょ？」

だんだんとこの人（？）のことがわかってきた気がする。たぶん僕をからかっているのだろう。

三人が稲荷寿司に夢中になってしまったので、手巻き寿司はほとんど僕が食べた。お、

霜降り牛の手巻き寿司美味《うま》い。さすが高かっただけのことはある。

「ふー。久々に腹一杯《はらいっぱい》食べたのう。真紅、これを母艦《うえ》でも食べられるようにしておけ」

「御意。直ちに食材を集めて参りましょう」

食材を集めるって地球から？　まさか根こそぎ持っていったりしないよね？

「星間法により、未開地惑星からの奪取《だっしゅ》は禁じられております。ですが、その地の協力者からの提供、という体《てい》でならグレーゾーンではありますが問題はないのです。【連合】や【同盟】を介《かい》せばある程度は集まるでしょう」

……それって脅迫《きょうはく》みたいなものじゃないよね？　向こうさんからしたら訳がわからんと思うが……。

いきなり『油揚げと米と紅しょうがと調味料をよこせ』と言われてもなあ……。

僕は【連合】と【同盟】の担当者に申し訳ない気持ちになりながら、残っている手巻き寿司を食べた。

DWO:07:04 白銀の竜

【Game World】

散々苦労して霧骸《むがい》城を攻略《こうりゃく》した僕らだったが、これといってボスキャラ報酬《ほうしゅう》のような物はなかった。

そもそも両面宿儺《りょうめんすくな》はこのエリアのボスではないし、この攻城《こうじょう》戦自体、なにかのイベントでもないのだ。勝手にモンスターの集まるところへ出向いていって、無慈悲《むじひ》にも彼《かれ》らの住処《すみか》を荒《あ》らし回ったわけで。

そう考えると僕たちはなんて無法者なんだろうかとも思う。まあ、そこらへんはゲームなんだから大目に見てくれ。

城内にもこれといったお宝はなかった。

しかし、それよりも大きな報酬は確かにあったのである。

それはなにかというと、攻略した城そのものだ。

霧骸城の初回　攻略報酬《こうりゃくほうしゅう》として参加したプレイヤーみんなに与《あた》えられたのは、手のひらサイズの『印籠《いんろう》』だった。

これはこの城に自由に入れる入城許可証のような物で、お金と引き換《か》えに改築・改装ができるというアイテムでもあった。

つまり、僕らはこの城を自由に改造する権利を得たのである。

これには次に霧骸城を攻略しようとしていた他のプレイヤーたちはかなり落胆《らくたん》したようだった。

僕らもてっきりまたモンスターがポップして、次の日からまた攻略戦が始まると思っていたから本当にびっくりした。この初回特典はとんでもないと思う。

僕らは第五エリアに入って早々に、とんでもないお宝を手に入れたわけだ。

城の外見も、おどろおどろしいボロ城から一夜にして白壁《しらかべ》の美しい城に変化し、まさに生まれ変わったという感じになった。

「クランを作ろうかと思う」

かつて城主であった両面宿儺《りょうめんすくな》がいたであろう天守に集まったプレイヤーに対して、【スターライト】のリーダーであるアレンさんがそう切り出した。

「クラン……確かギルドのさらに大きい集まりでしたっけ？」

レンがそう尋《たず》ねるとアレンさんが小さく頷《うなず》いた。

「そうだね。複数のギルド、あるいはプレイヤー同士が集まったさらに大きなグループのようなものかな。『DWO《デモンズ》』ではそうなっている。といっても、ギルド結成の時のようにあまり特典はないけどね。共有金庫と共有倉庫ができるくらいで」

アレンさんの言葉に続いて同じ【スターライト】のセイルロットさんが補足説明を始める。

「というか、この城をどうするか、ってなった場合に、それしか方法がないんですよ。放《ほう》棄《き》するって手もありますけど、もったいないじゃないですか。クランを作り、みんなの物、とした方が揉めないでしょう？」

まあねぇ。みんなで分けられる物じゃないし、お金で解決できる物でもないし。

いろんな施設《しせつ》を作ってクランメンバーがそれを利用できるってんなら、悪い話じゃないと思う。

「あくまでクランってのはギルドやプレイヤーの集まりに過ぎない。ああしろこうしろという強制力はないが、みんなの迷惑《めいわく》になっている者は除名する。幸い、この『印籠』にはそういう機能があるし」

『印籠』には様々な機能があるが、そのうちの一つに『所有者権限の剥奪《はくだつ》』という項目《こうもく》がある。

霧骸城の『印籠』は全てリンクしており、持っている者全体の九割が同意すると、プレイヤーの『印籠』を剥奪できるらしい。

当然、剥奪されたプレイヤーは霧骸城に入れなくなる。といっても、入れなくなるだけなので、所属しているギルドなどから追い出されるわけではない。まあ、そんな問題を起こした奴《やつ》をギルドメンバーとして残しておくかというと疑問だが。

『印籠』は同じく全体の九割が同意すると、複製の『印籠』が作れる。新メンバーが加わっても大丈夫なようになっているのだ。

実際、トーラスさんの【ゾディアック】なんかは半数以上が不参加だったから、『印籠』は人数分ないしね。

実を言うと、僕だけは【セーレの翼《つばさ》】があるので、自由に入れたりするのだが、それは内緒《ないしょ》にしとこう。

「クランを作ることには賛成です。でもそれよりも先に決めないといけないことがあるんじゃないですか？」

小さく手を挙げてそう切り出したのは【ザナドゥ】のギルマス、エミーリアさんだった。

クランができれば【ザナドゥ】はこの中では最大人数のギルドになる。そのギルマスである工ミーリアさんがクラン結成よりも優先すべきことがある？　いったいなんだ？

「まずはこのかわいくない『印籠』の家紋《かもん》をどうにかしましょうよ！　あとお城の名前も！『霧骸城』じゃおどろおどろしくていけません！」

ああー……とみんなから納得《なっとく》の声が漏《も》れる。

『印籠』にはどこぞの御老公《ごろうこう》が持つアレのように、家紋のような紋章《もんしょう》が描《えが》かれているのだ。

その紋章ってのが髑髏《どくろ》の横顔が左右にくっついているっていう悪趣味《あくしゅみ》なもので……。とにかく女性に不評なのである。

男性側からすると『これもアリなんじゃね？』という声もあるのだが……。これって両面宿儺のマークなんだろうなァ……。

幸い『霧骸城』の天守にある設定パネルから変えられるみたいなので、先にそれをしてしまおうとエミーリアさんは言っているのだろう。

「それはいいけど。紋章も城の名前も、ああクラン名もか。なにか候補はあるの？」

【六花《りっか》】のアイリスがエミーリアさんに向けてそう尋ねる。アイリスもこの髑髏の紋章は嫌《いや》だったのだろう。まあ、気持ちはわかるけど。

それに対して勢いよく手を挙げたのは、エミーリアさんではなく、トーラスさんであった。

「まかしとき！　わいにとっておきのデザインとクラン名が、」

「却下《きやつか》」

「なんでやねん⁉　聞くぐらいしぃや！」

にべもなく却下したのはトーラスさんと同じ【ゾディアック】のメンバー、おキャンことキャンサさんだった。

「あんたのネーミングセンスの無さと趣味《しゆみ》の悪さにどう期待しろってのよ、馬鹿トーラス」

無慈悲なお言葉だけど、トーラスさんの店を知ってる者はみんな、うんうん、と頷いていた。まあ、あの店を見るとお世辞にもセンスがあるとは言い難《がた》いなあ……。

「ちなみにどんなクラン名を？」

「よく聞いてくれたで、シロちゃん！　『トーラスと愉快《ゆかい》な仲間たち』って、」

「あ、もういいです」

「酷《ひど》っ⁉」

ちょっと興味本意で聞いてみたがやっぱりセンスなかった。無駄《むだ》な質問をしたな……。

どっちにしろクラン名が決まらないと紋章も決まらないだろう。

結局、城の名前も含《ふく》めてみんなからいくつか候補をあげてもらい、投票で後日決めてもらうということになった。

とりあえず今浮かぶものだけでもと、共有リストのメモ欄《らん》に次々とクラン名が並んでいく。

「【箱舟《アーク》】、【フォーチュナー】、【ビヨンド】、【星《ステラ》】、【幕の内弁当】、【ボン・ボヤージュ】、【フリューゲル】、【エスペランサ】、【怠惰《たいだ》旅団】、【トーラスと愉快な仲間たち】、【百花繚乱《ひゃっかりょうらん》】、【ヴァルハラ】、【チートニート】、【異邦人《エトランゼ》】、【那由多《ナユタ》】、【いろとりどり】、【首狩《くびか》り族】、【アンリミテッド】……。よくこんなに浮かぶなあ」

なんか変なのも混じってるけど……。この【首狩り族】ってなんだ？　僕のことか？

百人近くがアイディアを出し合えば、それなりにまともなやつが出てくると期待したい。

というか、諦《あきら》めてなかったのか、トーラスさん……。

「シロさんはどれがいいですか？」

「うーん……よっぽど変なのじゃなけりゃなんでもいいかな。そもそもクランっていってもこの城を使うための名義みたいなものだし。基本はギルド単位で行動するから、言ってみれば町内会の集まりみたいなもんだしね」

「町内会の集まり、ですか」

お嬢様《じようさま》なレンはいまいちピンときてないようだが、僕らの基本的な集まりは、やはり【月見兎《つきみうさぎ》】というギルドだろう。

クランはあくまでその【月見兎】が参加する集まりにすぎないと思う。クランが上でギルドが下、というわけではない。人数で優劣《ゆうれつ》が決まるのなら、【怠惰】の領国は【エルドラド】がもっと大きな顔をしているはずだ。いや、あのギルドは元から態度がでかいか。

書き込みはまだ続いている。しかしみんな本当によくこんなに浮かぶよな……。

『トーラスのパラダイス』……ってそれは店名だろうが。確かにトーラスの天国《パラダイス》かもしれないが。

そしてその次に『トーラスはパラダイス』って書き込まれてちょっと吹《ふ》き出してしまった。トーラスさんが天国に行ってしまった。これ、おキャンさんだろ。

「お、おい、みんな！　外を見ろ！」

流れていくクラン名に感心していると、窓際《まどぎわ》にいた一人のプレイヤーが上空を指差し、慌《あわ》てている。

なんだなんだと一斉《いっせい》にみんなが天守の窓から身を乗り出して空を確認《かくにん》すると、銀色のなにかが飛んでいるのが見えた。あれは……！

「竜《ドラゴン》……⁉」

「おい、マジか⁉」

「飛んでるのって『DWO《デモンズ》』で初めてじゃね⁉」

他のプレイヤーたちは騒ぎながらも、何人かが空へ向けて動画の撮影《さつえい》を始めている。

『DWO《デモンズ》』では何度かドラゴン、竜種《りゅうしゅ》は発見されている。主にクエスト戦などで。

【怠惰】でも第三エリアの突発《とっぱつ》イベント、【襲い来る緑】で、僕らはグリーンドラゴンと戦った。

グリーンドラゴンは翼のない下級種のドラゴンで、僕らでもなんとか倒《たお》せたが、あれとは完全に別物だ。

遠くて良く見えないが、間違《まちが》いなく四本脚《あし》である。これが二本脚なら飛竜《ワイバーン》的なやつの可能性もあったろうが……。

実を言えば僕と【スターライト】のメンバーは、上位種のドラゴンに遭遇したことがある。あ、いや、あの時、セイルロットさんだけはいなかったか。ジャンケンに負けて、留守番になったんだった。

あの時ドラゴンを見たのは【傲慢《ごうまん》】の第五エリアだった。だから【怠惰】の第五エリアにドラゴンがいてもおかしくはないのだが……。

「銀竜《シルバードラゴン》……か？」

「ですね。鱗《うろこ》が銀色に光ってます。頭のところになんか剣《けん》のような角が二つ伸びてますけど……」

【鷹《たか》の目】を持つレンが空を飛ぶ竜を見ながら解説をしてくれる。ううむ、僕にはなんとか『竜のような形』としか見えないな……。

剣のような角ってのは、僕らが遭遇したレッドドラゴンと同じ感じなのかね？

「おい、あれ……こっちに来てないか？」

「え？　嘘だろ？」

「ちょっと待って、さすがにドラゴンは……！」

プレイヤーたちの中で弓系、たぶん【鷹の目】を持つプレイヤーたちがざわざわと騒ぎ出した。え、こっちに向かっているのか!?

「色彩竜《クロマテイツクドラゴン》は万色竜《ティアマト》に連なる悪のドラゴン、金属竜《メタリツクドラゴン》は白金竜《バハムート》に連なる善のドラゴンとされていますけど……」

「それって別のゲームの話でしょ!?　『DWO《デモンズ》』に当てはまるかわからないじゃん！」

冷静に？　分析《ぶんせき》をするセイルロットさんの後頭部にメイリンさんがバシッ！　とツッコミを入れる。

「いや、この手のゲームは似通った部分が多いから、あながち的外れとも言いにくいぜ。いわゆる元ネタってのはどこかにあるものだからな」

こちらも冷静に分析をしている【カクテル】の『錬金術師《アルケミスト》』、キールさん。

よくわからないが、敵じゃないかも、ってこと？

「ここってギルドハウスみたいなものだから、モンスターは侵入《しんにゅう》禁止エリアなんじゃないの？」

「でも村や町がモンスターに襲《おそ》われるイベントなんかじゃあいつら勝手に侵入してくるぞ？」

「ブレス一発でこの城燃えちゃうんじゃない……？」

城が燃えたりとか……。一応この城は破壊《はかい》不可能なオブジェクトっぽいから、大丈夫《だいじょうぶ》だと思いたいが。せっかく手に入れたのに、改装する前に燃やされたらたまったもんじゃない。

「とにかく、外に出て警戒《けいかい》を！　念のため、こちらから仕掛《しか》けるのはやめておこう。向こうからの先制攻撃《ファーストアタック》があれば、戦闘《せんとう》開始だ！」

アレンさんの声に、プレイヤーたちが一斉に外へと飛び出していく。遠距離《えんきょり》攻撃《こうげき》ができる弓使いや魔《ま》法使《ほうつか》いプレイヤーは天守に留《とど》まるようだ。

僕も天守の窓から飛び出して、屋根伝いに城壁《じょうへき》の上へと降り立つ。

そうしている間にも、銀竜はゆったりとしたスピードでこちらへとやってきていた。

戦闘になったらダメ元で【首狩り】してみるか……？　あいつが万が一僕よりレベルが低かったら、10％の確率で首を落とせるかもしれない。……いやまて、まさか銀竜《アレ》が第五エリアのボスじゃないだろうな……？

だとしたら【首狩り】は効かない。ううむ、失敗したとしても、レベルが高くてダメだったのか、ボスだったからダメだったのか判断できないな……。

そんなことを考えていたら、すぐ近くまで銀竜が近づいてきていた。

とにかく大きい。僕らが戦ったグリーンドラゴンよりはるかに大きく、偶然遭遇《ぐうぜんそうぐう》したレッドドラゴンや襲われたブラックドラゴンと同じくらいの大きさだ。つまり、フロストジャイアント並みに大きい。

そんなのが飛んでいるのだ。これに勝てってのは無理なんじゃないかい……？

銀竜は城の上空まで来ると、ぐるりと旋回《せんかい》し、その場で翼をはためかせ、ホバリング状態となった。

くそ、素通《すどお》りすることを期待していたんだけどな。

氷のような蒼《あお》い眼《め》がこちらを睥睨《へいげい》している。とてつもない威圧《いあつ》感がその場を飲《の》み込《こ》んでいた。

『妙《みょう》な気配がしたので来てみれば……いつの間にかこんなところに矮小《わいしょう》な者どもが集まっていたとはな』

降り注いできた声にその場にいたプレイヤーたちが一斉に息を呑《の》む。

「ドラゴンが喋《しゃべ》った……」

「マジか……」

話すモンスターというのはあまり見たことがない。

コボルトなどは言葉を話すが、彼らはＮＰＣという認識《にんしき》だからそこまで不思議には感じない。猫妖精《ケットシー》や人馬族《ケンタウロス》なども会話ができたそうだが、そういう者たちもモンスターという認識ではなく、ＮＰＣ扱《あつか》いだった。

あれ？　ひょっとしてこの銀竜もＮＰＣ扱いなのか……？

いや、第三エリアのナマコ船長は喋っていたけど、あれはモンスターだったしな……。

「相手はかなり知能が高いと思われます。古竜《エンシエント》クラスの竜種なのでしょう」

向こうのほうから解説大好きセイルロットさんの声が聞こえてくるが、僕《ぼく》はもしもこの銀竜がＮＰＣだとしたら、ひょっとして『中の人』がいるのか？　という疑問に頭を悩《なや》ませていた。『中の人』……つまり、演じている宇宙人が。

『……はて？　なぜに同族の匂《にお》いがするのか……？　それにこの覚えのある僅《わず》かな気配……？　むむむ……!?』

銀竜は上空で首を捻《ひね》り、こちらをぐるりと見渡《みわた》した。その視線がピタリと僕の方へと向く。竜の蒼い縦長の瞳《ひとみ》が、一瞬だけ金色に変化した気がした。

次の瞬間《しゅんかん》、銀竜の眼が大きく見開かれ、顎《あご》が下へと開かれていく。

周りのみんなはブレスが来るかと一斉に散開したのだけれど、僕はこの銀竜が攻撃をしてこないとなぜだか直感していた。

実際に銀竜は口を大きく開けて、小刻みに震《ふる》えるばかりで何もしてこない。

なんか驚《おどろ》いている？

『ゴガァァァァァォォォォァァァァァァァ!?』

銀竜が大気が震えるほど大きな咆哮《ほうこう》を上げた。不思議なことに僕にはその声がステレオで聞こえ、咆哮に被《かぶ》って、もう一つの言葉が聞こえた。聞こえてしまった。

《なんで【龍眼《りゅうがん》の君】がここにいるのだ!?》

竜言語、とでもいうのだろうか。この声は他のみんなには聞こえていないっぽい。だけど僕にはハッキリと聞こえた。【龍眼】という言葉が。

これって間違いなく【帝国《ていこく》】かミヤビさん関連だよなぁ……。

どうしようかと心の中で僕が盛大《せいだい》に焦《あせ》っていると、銀竜へ向けて何本もの黄金の鉤縄《かぎなわ》が地上から飛び、瞬《また》く間《ま》にその手足を拘束《こうそく》した。

『な⁉』

鉤縄に拘束された銀竜がまるで飛行能力を失ったかのように落下する。

鉤縄を投げつけたのは黒い衣装《いしょう》を纏《まと》い、覆面《ふくめん》をした狐の【獣人族《セリアンスロープ》】たちであったが、彼《か》女《じょ》らはプレイヤーではなかった。

落ちた銀竜の背の上に、いつの間にか同じような黒ずくめの和風衣装と覆面眼帯の【獣人族《セリアンスロープ》】の女性が現れる。あれは……ウルスラさん⁉

【帝国】の諜報《ちょうほう》機関の長《おさ》にして、三巨頭《きょとう》の一人が銀竜の背に悠然《ゆうぜん》と立っていた。

突然現れた謎《なぞ》の集団に、僕以外のプレイヤーたちに緊張《きんちょう》が走る。

ウルスラさんが銀竜へ向けてなにやらボソボソと呟《つぶや》くと、銀竜はギョッとした表情を浮かべてコクコクと無言で頷いていた。

なんかあの竜、物凄《ものすご》く焦っているみたいだけど。ウルスラさん、なにを言ったんだ……？

ウルスラさんが銀竜の背中から降り、スッと片手を上げると、黄金の鉤縄がシュルッと解除された。

拘束を解かれた銀竜はすぐさま立ち上がり、翼をはためかせて、一目散にその場から去っていく。

まるで逃《に》げるように大空へと消えていった銀竜に、プレイヤーのみんなはポカンとそれを眺《なが》めているだけだった。

「えっと……これってなんかのイベントなのか？」

絶体絶命のピンチに都合よく現れた謎の集団。いかにもな展開にプレイヤーの一人がそんなことを呟いている。

そんな彼らを無視して、ウルスラさん以外の覆面忍者《ふくめんにんじゃ》たちはその場から一瞬にして消え去った。

残ったウルスラさんは皆《みな》に対し……というか、明らかに僕に対し、優雅《ゆうが》に一礼をしてみせる。

「お騒《さわ》がせを致しました。後日、また」

それだけを言い残し、ウルスラさんもその場から消える。

わけのわからない展開に、みんながみんなしばし呆然《ぼうぜん》としていたが、やがて落ち着いてきたのかざわざわと騒ぎ始めた。

「なんだったんだ、いったい……」

「え、あの人らって【竜使い】なの？　そんなジョブあったか？」

後日、ってことは後で説明されるんだろうなぁ……。【桜閣殿《おうかくでん》】にまた行かないといけないか。

いろいろと憶測《おくそく》を呼んで騒ぎ出すプレイヤーたちを見ながら、僕は小さくため息をついた。

◇　◇　◇

銀竜とウルスラさんたちが消えたあと、城の中はとんでもない騒ぎになった。

なにかのイベントではないかと騒ぎ出す者、竜をテイムできるヒントがないかと検証する者、動画編集をして公開しようとする者などで、とてもクラン結成の話どころじゃなかった。

そんな中、僕のメールボックスに、ピロン、と一通のメールが届く。

『お騒がせ致しました』との件名で、ウルスラさんからだ。

内容は今回のことの説明をするから一度【桜閣殿《おうかくでん》】に来てくれとのことだ。ですよねー……。

間違いなく【帝国】絡《がら》みなんだろうなァ……。【帝国】というか、ミヤビさん絡み？

見なかったことにしてスルーしたいところだが、後々厄介《やっかい》なことになるのも面倒《めんどう》だし……。

「仕方ない、行ってくるか」

「どこにです？」

「ああ、いや、なんでもない。ちょっと野暮用《やぼよう》でね」

首を傾《かし》げるレンに適当な言い訳をして、僕は【セーレの翼】で一旦《いったん》【星降る島《ホーム》】に戻《もど》り、そこからポータルエリアを使って【桜閣殿《おうかくでん》】へと跳《と》んだ。

そこには桜吹雪舞《ふぶきま》う銀色の金閣寺を背景に、土下座（？）というか、地面に五体投地しているこれまた銀色の竜の姿があった。

『り、【龍眼の君】とはいざ知らず、ご無礼をば致しました！　ななな、なにとぞご寛恕《かんじょ》のほどをお願い申し上げます！　どうか！　どうか氏族の根切りだけはご勘弁《かんべん》を！』

「いや、物騒《ぶっそう》だな⁉」

こちらが引くほどガタガタと震える銀竜を見て、僕はなんとも言えない気分になる。

これって明らかに僕の背後にいるミヤビさんにビビってるだろ……。

「……ウルスラさん、説明してくれます？」

銀竜の傍《かたわ》らに立つウルスラさんに詳《くわ》しい説明を求める。なにがどうなってこうなっているのか。

「ご存じの通り、『DWO《デモンズ》』ではNPCを【連合】、【同盟】、【帝国】の者が担当しているのですが、ゲーム内での種族に種族特性が近い種族が担当する場合が多いのです。例えば……」

ウルスラさんがポップウィンドウを空中に広げてある画像を呼び出した。

左側には僕らが見たことのあるNPCのコボルト、右側には頭だけが犬の人間が、服を着てソファーで寛《くつろ》いでいる画像が映っている。

「コボルト族を担当しているのは、ケルダー星系の惑星《わくせい》バウワンを母星とするバウワン星人です。彼らの生活文化はコボルトの種族特性と近く、精神的にも負担が少ないのです。VRとはいえ、実際《リアル》とあまりにも乖離《かいり》した生活環境《かんきょう》だと精神的な苦痛になりますから」

言わんとしていることはわかる。極端《きょくたん》な話、ゲームの中だけだとしても、奴隷《どれい》として家《か》畜《ちく》のように扱われるとか、ひたすら同族と殺し合いを続けるとか、そんな環境に置かれたら精神的に参ってしまう。

そりゃ現実世界と価値観が同じ環境の方が居心地《いごこち》がいいに決まっているよ。

「で、当然ですが、『DWO《デモンズ》』でも最高位の種族がいくつか存在します。その一つが『竜』ですね。この竜族はモンスターではなくNPCとして、プレイヤーたちの敵となり、また味方になるような存在なのですが、この竜族を担当しているのが、惑星ストラの少数民族、『ストラ族』なのです」

「ひょっとしてそのストラ族って……」

「はい。皇帝《こうてい》陛下に連なる一族です」

やっぱりか。まあ、そうじゃないかとは思っていたけど……。

「ってことは、『DWO《デモンズ》』に存在する竜は、全員ミヤビさんの一族ってこと？」

『と、とんでもない！　皇帝陛下は『トゥストラ』であります！　我らとは比べるべくもなく、神のような存在で……！』

這《は》いつくばった銀竜が震える声でそうのたまう。『トゥストラ』？　またわからんワードが……。

「【龍眼】を受け継《つ》いできた系譜《けいふ》ということです。ストラとトゥストラは全く別の存在で、彼らの上位種ですね。地球《こちら》の言葉に直すと『ストラを従える者』、『絶対なる支配者』というような意味です」

またなんとも大仰《おおぎょう》な……。

あれ？【龍眼】を受け継いできた系譜って……ひょっとしてその『トゥストラ』ってのに僕も入ってる……？

「今現在、【龍眼】をお持ちなのは殿下《でんか》ですので、どちらかというと、真の『トゥストラ』は陛下ではなく殿下でしょうね」

『やはり【龍眼の君】でしたか……！　しかもすでに継承《けいしょう》がお済みとは……！　新たなるトゥストラの誕生に寿《ことほ》ぐことをお許し下さい！』

ヤバい。なんか話がどんどん大きくなっていってる気がする。これ、どう扱ったらいいんだ……？

「あー……。事情はわかった。だけどもそう畏《かしこ》まらないでいいよ。僕自身、自分を地球人だと思っているし、特別な力なんかないし」

『……え？　ですがトゥストラは──』

「そこまでじゃ」

訝《いぶか》しげに口を開いた銀竜の声に被せるように、背後から聞き慣れた人物の声がした。

振《ふ》り向くと、ノドカとマドカを左右に従えたミヤビさんの姿が。

突然《とつぜん》のミヤビさんの登場に、ウルスラさんを含め、立っていた僕以外の桜閣殿《おうかくでん》の人たちが、一斉に膝《ひざ》をつく。

「真紅《しんく》から知らせを受けての。まあ、いつかはこういう出会いもあるかと思っていたが、けっこう早かったのう」

真紅さんから？　あの人（人というか宇宙戦艦《せんかん》だが）『DWO《デモンズ》』の中まで監視《かんし》してんのか……。

面白《おもしろ》いくらいガタガタ震える銀竜を横目に僕は先ほどから疑問に思っていたことをミヤビさんに聞くことにした。

「あの、その『トゥストラ』？　ってやつ、本当に僕もなんですか？」

「当たり前じゃろ。【龍眼】に認められた以上、其方《そなた》は間違いなく『トゥストラ』じゃ。そこなストラたちの王であり、支配者じゃ」

ストラってのはそこにいる銀竜のことを示しているのだろう。ストラの王？　いつの間にか王様になってたよ、オイ……。

『あ、新たなるトゥストラの誕生を心よりお祝い致します！「DWO《デモンズ》」にいる同胞《どうほう》たちにも直ちに知らせ、集合するよう……』

「いやっ⁉　それはちょっと待って！　竜がそんなゾロゾロとやってきたらパニックになる！」

プレイヤーたちだけじゃない。『DWO《デモンズ》』の他の宇宙人《NPC》たちも、運営の人たちも、なにが起きたのかと大騒動《おおそうどう》になるのは間違いない。

下手をすればそこから僕の身の上がバレる可能性もある。そうなればミヤビさんたちの言う不埒《ふらち》な宇宙人や人間たちに狙《ねら》われ、僕の平穏《へいおん》な生活が脅《おびや》かされるかもしれない。

ノドカとマドカというボディガードがいるから、身体的な安全面では心配ないのかもしれないが、それとこれとは別である。なにより精神的にしんどい。

だいたいなんでこの銀竜に僕が【龍眼】の持ち主ってバレたんだろ？

「かかか。ストラたちにはトゥストラを感じることができる。ま、遠くなるとわからんがの。まさか『DWO《デモンズ》』内でもそれが働くとは思わんかったが」

ちょっと待ってよ、そんなテレパシー的な力があったら逃げられないじゃん……。

というか、やっぱりこの銀竜が霧骸城へ来たのは僕のことを感じたからなのか。みんなに迷惑をかけてしまったなあ……。

「ま、シロならそう言うと思ったから、わらわが来たわけじゃ」

ついっ、とミヤビさんが僕の額に人差し指と中指を当てる。あっ、と思った時には遅《おそ》かった。

「熱《あ》っづ⁉」

焼きゴテに触《ふ》れたような熱さを額に感じ、思わず仰《の》け反《ぞ》る。くそっ、またかよ！　VRでは強い痛覚はカットされてるはずだろ⁉　運営さーん！　ここにルール違反《いはん》する奴がいますよー！

「これで直接触れたりせん限り、ストラに見つかることはないじゃろ。安心して遊ぶがよい」

ひりひりする額を押《お》さえて痛みに耐える僕に、ミヤビさんがそうのたまう。それが本当ならありがたいことだけどもうちょっと痛くない方法はなかったのか。

「さて、問題はこやつじゃが……」

ミヤビさんが横目でじろりと銀竜に視線を向ける。蛇《へび》に睨《にら》まれた蛙《かえる》ってのはこういうことを言うんだな、と初めて知った。正確には狐《きつね》に睨まれた竜だが。

『な、な、なにとぞ寛大《かんだい》な御《ご》処置《しょち》を……！』

もう可哀想《かわいそう》なくらい怯《おび》えきっている銀竜をさすがに見ていられなくなり、僕は助け船を出した。

「口止めするだけで問題はないんじゃないですか？　ウルスラさんに捕《つか》まってから誰《だれ》とも

連絡《れんらく》はできなかったみたいだし」

僕がそう言うと銀竜は細かくコクコクと高速で頷いた。

「ストラの中にはトゥストラを軽視する輩《やから》もいるのじゃ。そんな奴らにシロのことがバレるとちと面倒なことになるからのう」

ストラも一枚岩ってわけじゃないのか。王様に反抗《はんこう》する奴らもいるってことか？

「若い奴らほどそういった傾向《けいこう》が強い。もっともわらわにそんな態度をとった奴はこの世におらんがな」

「逆らうのはまずいって、全員初めからわかってたってこと？」

「違《ちが》うわ。もうこの世におらんということじゃ」

あー……、そういう……。

逆らったり舐《な》めた態度をとったストラを粛清《しゅくせい》してきたってことかね。だとしたら銀竜のこの怯えっぷりも納得できるな……。

確かに僕はミヤビさんのように強くもないし、特別な力を持っているわけでもない。そんな奴が『僕がトゥストラです』と言ったところで『ざけんな！　認めねー！』となってもおかしくはないよな。

まあ、ミヤビさんを恐《おそ》れて表面上には出さないかもしれないが……。

「やはり後腐《あとくさ》れなく処分するか、」

『ひっ⁉』

「とも思ったのじゃが、そこまですることはあるまい。だが『誓約《ギアス》』は受けてもらうぞ」

『はっ、はは！』

九死に一生を得たような声を上げ、銀竜が再び頭を地面に擦《す》り付ける。

ミヤビさんの指が銀竜の鼻先に触れたかと思うと、バヅン！と、なにか張り詰《つ》めていたものが千切れるような音がした。

『がッ⁉　おぐッ⁉　うご……！』

銀竜が痛みを堪《こら》えるように悶《もだ》え苦しんでいる。あれ、これって僕がさっきやられたやつと同じようなやつか？

よく見ると銀竜の額になにやら紋様《もんよう》のようなものが浮《う》かび上がっている。あ、消えた。

紋様が消えたと思ったら、銀竜が苦しみから解放されたように、ぐてっ、と全身を弛緩《しかん》させていた。

「……なにしたんです？」

「なに、シロのことを話したくとも話せんようにしただけじゃ。こやつが黙《だま》っておれば問題はないからのう」

「字で書いたりとか、伝える方法はいくらでもあるんじゃ？」

「そこらも含めて『誓約《ギアス》』で縛《しば》っとる。伝えようとしただけで燃《も》え尽《つ》きるの」

燃え尽きる!?　なにが!?　銀竜自体が……!?　相変わらずとんでもないな、この女皇帝様はよう……。自分のご先祖様ながら怖《こわ》いわ。

「まあ、とりあえずはこれで大丈夫じゃろ。シロは気にせずこの世界で好きなように遊べばよい。邪魔《じゃま》する者はわらわが排除《はいじょ》してやるからの」

いや、過保護にもほどがあるから。まるで母親に見守られてゲームをしているような気分になるから、あまり干渉《かんしょう》するのはやめてほしい……。今回のは助かったけど……。

とりあえずミヤビさんに礼を言って、ノドカとマドカを連れてログアウトすることにする。

はぁ。結局、城の名前もクラン名も決まらなかったな。みんなまだ考えているんだろうか。銀竜の件でそれどころじゃないかな？

撮影してたプレイヤーもいたし、編集作業とかしてるのかもなあ。

あとで動画チェックしておこう。

◇　◇　◇

「さて……」

シロとノドカ&マドカがログアウトすると、ミヤビはあらためて五体投地している銀竜へと眼を向けた。

「銀のストラよ。『DWO《このせかい》』に『ディストラ』は何人おる?」

『え、と……そ、その、自分の知っている限りでは三人、かと……』

「ふむ。思ったより少ないの」

ミヤビは顎に手をやり、少し考えるそぶりを見せた。

ストラと呼ばれる種族を統《す》べるのが『トゥストラ』である。

『トゥストラ』には『真《まこと》の王』という意味もある。それに対して『ディストラ』とは『王候補』という意味があった。

つまりは『トゥストラ』になりうる可能性を持つ者、という意味である。

「既《すで》に継承の証《あかし》は立っておる。シロのもとに【龍眼】があるのじゃからな。普通《ふつう》なら文句をつけることなぞできんはずじゃ。……普通ならば、な」

「普通ではない、と？」

主君の呟きにウルスラが疑問を投げかける。

「【試練の儀《ぎ》】も無しに【龍眼】を掻《か》っ攫《さら》われては文句の一つも言いたいじゃろうな。本来ならば自分が、と」

ミヤビにしてみれば『トゥストラ』の座など、一惑星の王の座でしかない。ストラの一族は確かに強い。しかしその種族を飛び越《こ》えて、まさに突然変異とも言える強さを持つ者が彼女である。

その強さは歴代の『トゥストラ』の中でも遥《はる》かに抜《ぬ》き出ており、もはや別種族といえる。ストラは確かに種族としては強いが、個体でならばそれ以上の強さを持つ者など宇宙にはゴロゴロいるのだ。

突然変異種や、進化個体など、通常の枠《わく》から外れた強者《つわもの》たちを、ミヤビがその力をもって支配するのが【帝国】である。

ここにいる銀竜とて、【帝国】の将軍たちからすれば、良くて一隊長クラス、悪ければ一兵卒レベルだと判断されるだろう。

故に『デイストラ』といえどもミヤビにとってはさしたる障害ではない。文句を言ってきたら消し炭にするだけだ。

「わらわは構わんのだがな。シロの方に絡《から》む可能性がある。まあ、『DWO《こ こ》』ならいくら絡んでも問題はないが……」

「消しますか？」

「それでもよいが……シロが【龍眼】の力を引き出すきっかけになるかもしれん。よほどのことがなければ手を出さんでよい」

　仮にも主君と同じ一族、それも王候補を『消す』とあっさりと言ってのけるウルスラ。『帝国の三巨頭』の名は伊達《だて》ではない。

　横で繰《く》り広げられる物騒な話に、銀竜は『聞いてない。聞いてないよー』とばかりに耳を両手で塞《ふさ》いでいた。

「くくく……」

「なにか？」

　突然笑い声を漏《も》らしたミヤビにウルスラが首を傾げる。

「いや、まさかわらわが跡継《あとつ》ぎのことでこんなにも心を砕《くだ》くことになるとは、と思っての。親というのは大変なものじゃなあ」

「あいにくと私は独身なのでよくわかりませんが」

『帝国の三巨頭』のうち、独身はウルスラだけである。元帥《げんすい》であるガストフには妻が数えきれないほどいるし、宰相《さいしょう》であるマルティンには長年連《つ》れ添《そ》った愛妻がいる。親の気持ちなどわかるわけがない。

「なんじゃ、お主、まだ独り身か。見合いの一つもすればよいのに」

主君の言葉に余計なお世話だと言わんばかりにウルスラは押し黙ったが、その背後からさらに余計な声が飛んできた。

「いえ、長官は何度かお見合いをしているのですが、ことごとくお断りされていまして……」

「確か先月も一件」

「え？　私、二件って聞いたけど」

「緊張しすぎてお見合い会場の壁《かべ》をぶち壊《こわ》したって……」

「惑星ジュノスのメガゴリラより力があるからねぇ……」

「性格は可愛《かわい》いもの好きなのにね」

「眼帯とかして見た目が厳《いか》ついから……」

「ハート形の眼帯とかにしたらいいかも」

「貴様らぁぁぁぁぁ！　そこに直れェェェェ！」

わーっ！　と蜘蛛《くも》の子を散らすように逃げる部下を追いかけるウルスラ。

それを見て『かかか』とミヤビは楽しそうに笑った。

◇◇◇

ノドカとマドカを連れてログアウトした僕は、ちゃっちゃと晩御飯《ばんごはん》を作った。

今日の献立《こんだて》はサンマが安かったのでサンマ定食だ。

ご飯に味噌汁《みそしる》、サンマの塩焼きに冷奴《ひややっこ》、きんぴらごぼう、胡瓜《きゅうり》の浅漬《あさづ》けと、なんだか朝食みたいな献立になってしまったが、問題はあるまい。

ノドカとマドカも器用に箸《はし》を使い、サンマの骨を取り分けていく。

「美味《おい》しいです！」

「美味しいの！」

この子らは基本的にどんなものでも美味《うま》いと言うが、やはりこうして言われるのは嬉《うれ》しいよな。

食事が終わって後片付けをしてからお風呂《ふろ》に入り、軽く明日の予習を済ませてからVR

ドライブを起動する。

『DWO《デモンズ》』の公式動画サイトにおける【怠惰《たいだ》】の情報を探《さぐ》る。

やはりというか、当然というか、そこでは銀竜の話題で持ちきりだった。

「うわぁ……。けっこうはっきり映ってるなあ」

動画の一つを再生すると、銀竜が霧骸《むがい》城にやってくるところから、ウルスラさんに押さえつけられるところまでがはっきりと映っていた。動画の中に僕の姿も映ってら。もっとも顔は目線消しが入っているけど。

それよりもログアウトしてから一つ気になっていることがあった。

銀竜が竜言語で話したあの言葉……あれは普通の人には理解できない言葉なのだろう。

だがもしも……もしも銀竜と同じようにNPCとして竜を担当している『同族』とやらが、この動画を見てしまったなら僕のことが気付かれてしまうのでは？　という不安があったのだ。

しかし実際に動画を見てみると、そのシーンで聞こえてくるのは、銀竜の、

『ゴガァァァァァォォォォアアアァァァァ!?』

という咆哮だけで、竜言語は特に聞こえなかった。これは銀竜がテレパシー的なもので僕にしかわからない言葉を使ったのか、録音には竜言語は記録されないのか……あるいは

【帝国】側が何か手を回したのか。

とにかく杞憂《きゆう》で終わったようでホッとした。

動画の方は銀竜もそうだが、それを押さえつけた謎の集団についても意見と憶測が飛び交《か》っている。【竜使い《ドラゴンテイマー》】の一族ってなんだよ……。そんな職種《ジョブ》聞いたことないわ。

僕は動画サイトを閉じ、代わりにクラン名提案共有リストのメモ欄《らん》を開いた。

「【銀竜の箱庭】、【銀の騎士団《きしだん》】、【イグニッション】、【ドラグーン】、【スィーツデザート】、【シルバーニアファミリー】、【銀月の夜想曲】、【トーラス・コーラス】……。銀竜に関するような名前が多くなったたな。まああんな騒ぎになったんだから仕方がないと思うけど……」

つーか、トーラスさん、まだ書き込んでいたのか……。【トーラス・コーラス】って合唱団じゃないんだからさ……。ぶっ⁉

その後の【トーラス・コーロス】に僕は思わず吹《ふ》き出してしまう。これもおキャンさんだろ……！

それから寝《ね》るまで僕もいくつかの名前を考えてみたが、あまりしっくりとくるものはなかった。

ネーミングセンスってどうやったら鍛《きた》えられるんだろうね……。

DWO:07:05 【傲慢】のギルド

【Game World】

次の日『DWO《デモンズ》』にログインすると、称号《しょうごう》のところに【竜を従えし者】というやつがあった。

いやいやいや、従えてないから。どっちかというと従われた？【竜に従われた者】ならまだわかるけど。

当然ながら物騒なのでこんな称号は非表示だ。こうしとけばフレンドにもギルドメンバーにも表示されない。

というか、これって運営に僕のことがバレてるってことか？　それとも元々竜を従える方法があって、そのシステム上、自動で称号が付いた？

うーん……いや、たぶん自動の方じゃないかな。あの【桜閣殿《おうかくでん》】は【帝国】側のシークレットエリアだし、ミヤビさんもいたしな。運営といえども覗《のぞ》き見とかはできないと思う。できたとしてもそれを口になんてできないだろう。誰だって命は惜《お》しい。

それに【帝国】諜報機関の長官であるウルスラさんが、それに気がついてないなんてことはないと思う。スーパー戦艦ＡＩの真紅《しんく》さんもいるしな。

まあ、どっちにしろそこらへんはみんな【帝国】さんに丸投げだ。僕にできることはない。

さて、結局全員での投票の結果、クラン名は【白銀《しろがね》】、城の名前は『白銀城《はくぎんじょう》』、クランの紋章《もんしょう》は大きな星形が彩《いろど》られた感じのものになった。

恐ろしいことに、投票五位に【首狩《くびか》り族】がある。ふざけてるプレイヤーが一定数いるようだな……。ちなみに『トーラスと愉快《ゆかい》な仲間たち』は一票だけだった。これ絶対に本人だろ。

言うまでもなく、この【白銀】というクラン名は僕らが遭遇《そうぐう》した銀竜からであるが、僕のプレイヤーネームである『シロ』という言葉も入っているので、意外と気に入っている。

紋章が星なのはアレンさんのところの【スターライト】のイメージかな？　こっちも悪

くないと思う。

さっそくクラン創設と城名の変更《へんこう》が行われ、白銀城はクラン【白銀】のものとなった。

それに伴《ともな》い、クラン発起人《ほっきにん》のアレンさんがクランマスターとなり、【白銀】内で最大のプレイヤーメンバーを抱《かか》える【ザナドゥ】のエミーリアさんがサブクランマスターとなった。

とはいえ、このクランはあくまでも『白銀城』を使用するための集まりなので、プレイ方針などについて口を出すことはない。

あくまでクラン内での取りまとめ、言ってみれば町内会の会長さんと言ったところだろう。

この城から一歩出れば、各々《おのおの》ギルド単位で好きなことをしてもいい、という緩《ゆる》い集まりだ。

フロストジャイアントや両面宿儺《りょうめんすくな》の時のように、集団で戦うイベントがあるなら声をかける、という感じか。それだって別に強制というわけじゃない。参加するもしないも自由だ。

まあ、それでもこの城にどういった設備を作るか、という話し合いには参加することになるのだけれど。

「まずここの空きスペースには訓練場かな。好きな時に【PvP】ができるように……」

「ここには食堂が欲《ほ》しいわね。バフ効果の高い料理をスキル持ちのプレイヤーが自由に作っておいて、お金を払《はら》って買えるようにして……」

「ここの一角は畑にしたいです。うちは【農耕】スキル持ちが何人かいるので……」

霧骸城……もとい、白銀城となった城のマップを見ながらそれぞれのギルドマスターたちが話し合いを繰り返す。

ソロのプレイヤーたちは特に要望はないようだ。まあ、みんなで集まってなにかするのが好きなら、ソロでやってないよな。

【月見兎《うち》】もこれといって要望はない。必要なものがあれば【星降る島】の方に作るしな。

僕《ぼく》たちが城を手に入れたという情報は、あっという間に【怠惰】のプレイヤーたちに伝わった。

それが起爆剤《きばくざい》となったのかはわからないが、様々なギルドが手を組み、第四エリア突破《とっぱ》へ向けての攻略《こうりゃく》を急ぎ始めたという。第四エリアのボスであるフロストジャイアントは、ギルド単位で組まないと攻略は難しいからな。

そのため、僕ら以外のクランもいくつかできているようだ。

彼《かれ》らより一足早く第四エリアを抜けた【エルドラド】なんかは、血眼《ちまなこ》になって他の城はないかと第五エリアで情報を集めているらしい。

この城を奪《うば》う方法を企《たくら》んでいるなんて噂《うわさ》もあるが、許可した者しか入れない印籠《いんろう》システムがある以上、おそらくは無駄《むだ》だと思う。

それ以前にこの城以外にも城はあるんだろうか。この一つだけということはないと思うが……。

生産職、特に建築関係のスキル持ちはさっそく作業に入っている者もいるようだ。

霧骸城から白銀城に変わった時にあった大きな変化は二ノ丸、三ノ丸にあった櫓《やぐら》などが無くなったことだ。

攻《せ》め込《こ》まれることがないならば、別になくても困らないとも思うんだけど、万が一がないとも限らない。

それに『城に櫓がないなんてカッコがつかない』という、なんとも俗《ぞく》っぽい多数の意見により、再建される事になった。

僕としてもやっぱり城には櫓があったほうがしっくりとくるので再建には賛成だ。

ギルド【ゾディアック】のピスケさんなんか、かなり張り切って建築を進めている。

彼の人見知りもいくらかはマシになってきたようだ。他の【建築】スキル持ちのプレイヤーともそれなりにやりとりができている。人って成長するんだなぁ……。

「クランの方ではあんまり僕らは役に立たないかな」

【セーレの翼《つばさ》】を使ってレア素材を集める、なんてこともできなくはないが、ソロモンスキル持ちだとバレるしな。

そもそももう【セーレの翼】による利点があまり無くなってきているんだが。他のプレイヤーたちが行けてないのは残りの第六エリアだけだし。

まあ、他の領国の素材も集められたりするけど。

銃《じゅう》に使う素材なんかは【怠惰】ではほとんど手に入らない。だけどそれも隣《となり》の領国に行けるようになった今、いずれ解消されるだろうしな。

あとはシークレットエリアにも行けるってとこと、短距離《たんきょり》の瞬間《しゅんかん》移動くらいか？

まあ他の領国に自由に行けるってのは大きなアドバンテージなのかもしれない。

「いやいや、そりゃあいずれは全部の領国に行き来できるようにはなるだろうけどよ。今現在はとんでもないスキルだと思うぞ」

――――というようなことを、ここ【傲慢】の領国にいる奏汰《かなた》……もといソウと歩きながら話していた。

今日はソウの所属する【銀影騎士団《ぎんえいきしだん》】で、Aランク鉱石とAランク木材を取り引きするためにやってきた。

【傲慢】の領国は第四エリアまでで、まだ第五エリアへは行けてはいない。

【傲慢】の領国にある大砂漠《だいさばく》にいる、メガサンドクローラーという大ミミズがボスらしい。

ソウたち【銀影騎士団】も二度挑戦《ちょうせん》したそうだが、失敗したという。

「僕らみたいにいくつかのギルドで集まって挑戦すればいいのに」

「うーん……。【銀影騎士団《うち》】はさ、【傲慢】ではけっこう大手のギルドなんだけど、他にも同じ規模のギルドが二つあんだよ。で、他二つのギルドとはあんまり仲が良くなくてな……」

なんとなくソウが言わんとしていることがわかった。よそのギルドをボス討伐《とうばつ》に誘《さそ》うと、残り二つの大手ギルドからその誘ったギルドが睨まれるってことか。

「面倒くさいな」

「面倒くせぇんだよ」

大手ギルドに睨まれてしまうと、なにかとやりづらくなる。【月見兎《うち》】も【エルドラド】に睨まれちゃいるが、あそこが本当に敵視しているのは元同じギルドメンバーである【ザナドゥ】だからな。

その【ザナドゥ】がクランに参加したと聞いたら、【エルドラド】もクランを作ろうとするんじゃなかろうか。

クラン【白銀《しろがね》】よりも、ギルド【エルドラド】の方が人数は多いんだけどね。

「ま、それでシロから手に入りにくい鉱石と木材を譲《ゆず》ってもらって、装備を一新しようって考えたのさ」

「いや、というか、なんでそんな話になった？」

「いやいや、お前のせいだろ。ハルの【フローレス】にとんでもない装備売りやがって。すぐにあれはどこで手に入れた、どんな素材を使っているんだとか、とんでもない騒《さわ》ぎになったんだぞ？」

あー……。まあ、あの装備ならそうなるかぁ……。

ソウの双子《ふたご》の妹であるハルの所属するギルド【フローレス】の装備は、Aランクの素材を山ほど使い、熟練生産職であるリンカさんとレンによって作られた物だ。騒ぎになってもおかしくはない。

「ハルのやつを締《し》め上げたら吐《は》きやがった。【硫黄《いおう》の玉】なら俺《おれ》らも持ってたのによ。俺にも声かけろってんだよ」

「いや、ハルのやつが黙ってろっていうから」

銃の素材となる【硫黄の玉】を手に入れるため、ハルの所属するギルド、【フローレス】に依頼《いらい》したわけだが、結局はソウにバレたらしい。まあ、どうせそうなるとは思っちゃいたが……。

　ま、そんなこんなで今日の取引なわけである。ついでに、というわけじゃないが、リンカさんが作った放出してもいい、いくつかの装備を持ってきた。高く売れるといいけど。

「着いたぜ。ここが【銀影騎士団《おれたち》】の本拠地《ホーム》だ」

「おお……。なかなか立派な建物だな」

【傲慢】の第二エリアにある町、『ライオネック』。その北の外れの方に【銀影騎士団】の本拠地はあった。

　城、とまではいかないまでも、砦《とりで》のような佇《たたず》まいのその建物は、簡単な石造りの城壁《じょうへき》にぐるりと囲まれていた。正面にはちゃんと大きな門もある。

　町中でモンスターに襲《おそ》われることはないと思うから、形だけの城壁なんだろうけども。

「ふふん、そのうちもっと大きな城を手に入れてやるぜ！」

「僕らはこの前手に入れたけども」

「ちくしょう！　いいなあ！　羨《うらや》ましい！」

　ドヤ顔から悔《くや》し顔に急降下するソウ。ま、正確には【月見兎《ぼくら》】のではなく、クラン【白銀《しろがね》】のものなんだけどな。

「とにかく団長……ギルマスに紹介《しょうかい》するよ。こっちだ」

僕はため息をついて歩き始めたソウについていき、【銀影騎士団】の城門をくぐった。

◇◇◇

「ようこそ【銀影騎士団】へ。私が団長ギルマスのレオンだ」

「どうも。シロです」

そう言って本拠地《ホーム》の応接室で握手《あくしゅ》してきたのは三十手前くらいの【竜人族《ドラゴニュート》】の男性だ。

名前が獅子《レオン》なのに竜人とはこれいかに。

栗色《くりいろ》の髪《かみ》に顎髭《あごひげ》を生やした、いかにもダンディと言わんばかりのキャラに、装備は全身《ぜんしん》鎧《よろい》プレートアーマー。【銀影騎士団】というだけあって、ギルマスもジョブは『騎士《ナイト》』らしい。

そしてその背後には金髪《きんぱつ》ロングの【魔人族《デモンズ》】の女性騎士と、長い髭《ひげ》を三つ編みにしている【地精族《ドヴェルグ》】がいた。

「こっちは副団長サブマスターのレオナとバルトだ」

「初めまして」

「よろしくな」

副団長《サブマス》か。レオナさんの方も団長と同じく『騎士』っぽいな。【地精族《ドヴェルグ》】のバルトさんは戦士系だろうか。それとも生産職かな？【地精族《ドヴェルグ》】はＤＥＸが高《きようさ》いからな。

一応、この部屋には僕とソウ、団長さんらの五人しかいない。秘密を知る者は少ない方がいい。

「それで例の件だが……」

「あ、はい。ソウに伝えた通り、僕のことを黙っていてもらえるなら取引に応じます」

「入手先も取引相手も一切《いっさい》聞かないこと……だったね？」

レオンさんの言葉に僕は小さく頷《うなず》く。

Ａランク鉱石なら第五エリアに進めばおそらく【傲慢】でもそのうち見つかる。大きく値崩《ねくず》れする前に今のうちに売ってしまえというわけだ。

「兄さん、今のところランダムボックスかガチャでしか手に入らないＡランクの素材ですよ？　それだけの価値はあると思います。出所なんてどうでもいいじゃないですか」

少し興奮気味にレオナさんがレオンさんに声をかける。ああ、名前が似ていると思ったら兄妹《きょうだい》なのか。

「うむ。どんな伝手《つて》があろうと現物があるなら金に糸目はつけん。奴《やつ》らより先に第五エリアに行けるのならな」

バルトさんもレオナさんの意見に大きく頷く。奴らってのは【銀影騎士団】と仲の悪い二つのギルドのことかな……？

「じゃあ、その現物を出しますね」

僕はインベントリからAランク鉱石が入った大きな木箱と、Aランクの木材の丸太を何本か応接室の絨毯《じゆうたん》の上に取り出した。

「ぬおっ⁉」

「これは……！」

レオンさんとバルトさんが目を見張る。レオナさんは空いた口が塞がらないようだ。なんだかんだで溜《た》め込んでいたからなあ……。ま、これくらいなら影響《えいきょう》はない。

「間違《まちが》いなくAランクの素材だ……！　それも聞いたこともねえ鉱石ばっかりだぜ……」

バルトさんがAランク鉱石を木箱から取り出して確認《かくにん》している。【鑑定《かんてい》】を持っているのか。やはり生産職かな？

「あとこれはついでなんですけど……よければ買ってください」

リンカさんとレンから渡《わた》された装備一式を取り出して絨毯の上に並べる。武器は剣《けん》に槍《やり》、斧《おの》に短剣《たんけん》、弓に杖《つえ》に至るまで、防具は全身鎧《プレートアーマー》から部分鎧《ハーフアーマー》、コートやマント、ブーツやスカートに至るまで。

なんだろう、まるでフリーマーケットでもやってる気分になってくるな。寄ってらっしゃい、見てらっしゃい、ってか。

ちなみに全ての品には値札がついている。みんなからは値切り交渉《こうしょう》は一切受け付けるなと言われてます。丸《まる》め込まれそうだからだって。失礼な。

「なっ!?　なんだこの数値……！　どれもこれもうちの装備より上じゃねぇか！」

「ちょっと!?　こっちの弓、とんでもない付与《ふよ》がついてるんだけど!?」

「こ、これを売ってくれるのか!?」

「ええ、まあ。値段ついてるでしょ？　その金額なら。値下げはしません」

はっきりと言ってやった。値下げはしないぞ。定価？　で買うのだ。

「この金額なら充分《じゅうぶん》過ぎるわ……。むしろ安くて悪い気がするわよ……」

……あれ？　価格間違えた？　でもリンカさんとレンからこの金額で、と言われているしな……。【怠惰】と【傲慢】だと、レートが違うのかな？

「お前んとこ、こんないい装備使ってんの!?　そりゃ第五エリアに行くはず……」

「おっとぉ!?　値下げはしないって言ったろ、ソウ！」

余計なことを言いそうになったソウの口を塞ぐ。僕も【傲慢】のプレイヤーってことになってるんだから、余計なことは言うなっての。

今のところ第五エリアに足を踏《ふ》み入れたのは【怠惰】と【憤怒《ふんぬ》】の領国だけだからな。さすがに身バレするだろうが。

「どうだ、バルト」

「全部品質は間違いねえ。ただ、それをこの金額で、となると、何か裏があるんじゃねぇかと疑っちまうがな……」

団長さんとバルトさんがそんな話をしている。裏なんかないんだけどな。

「疑いすぎだろ。こいつは俺のリアル友達だから、そんなことはしねえよ」

「まあ、買わないってんなら別にいいけど」

ソウの言葉に僕もそう続ける。お金にはそれほど困ってないから、ここで売れなくても問題はない。ソウに頼《たの》まれたから売りに来ただけで、絶対に売らなければならない理由はこちらにはないのだ。

「いやいや！　買うよ！　買わせてもらう！　これらが【パレード】や【グランギニョル】に流れたら目も当てられない。団員《ギルメン》から突《つ》き上げを食《く》らってしまう」

慌《あわ》てた様子でレオンさんがそう捲《まく》し立ててくる。【パレード】や【グランギニョル】ってのが、【銀影騎士団】と同じ、【傲慢《プライド》】の大手ギルドかな？　そっちには伝手は無いから売ることはないけども。

「これで次こそメガサンドクローラーを倒《たお》すことができるな」

「ああ。第五エリアに一番乗りするのは【パレード】でも【グランギニョル】でもない。私たち【銀影騎士団】だ」

「第五エリアがどんなところか楽しみね！」

レオンさんたちが熱く語りあっているが、僕はなんとも言えない気持ちでそれを聞いていた。

うん、僕と【スターライト】のみんなで【傲慢《ここ》】の第五エリアって行ったことあるからさ……。

火山があってドラゴンがいるよ？　しかもレッドなやつが。そこの火山でAランク鉱石が出るから。

だけど『魔王の鉄鎚《ルシファーズハンマー》』は多分もう出ないと思う。すみません。

そういえば【怠惰】の領国にも『魔王の鉄鎚《ルシファーズハンマー》』と同じようなものが存在するのかな？

確かジェシカさんが言ってた『七つの大罪』？　とかでは【傲慢】を象徴《しょうちょう》するのは魔王ルシファーだとか。【怠惰】は……ベルフェゴールだったか？

【怠惰】にもそういったアイテムがあってもおかしくはない。

銀竜が知ってるかもしれないな。今度聞いてみるか。

「いや、本当に助かった。だけど本当にこの金額でいいのかい？」

「ええ。お金はそれで。あ、もしあるならでいいですけど、『硫黄の玉』ってあります？」

『硫黄の玉』は銃を作るのに必要な素材だ。この後、リンカさんが新たな銃を作るか、僕の短剣銃《たんけんじゅう》『ディアボロス』を改良する時に必要になるかもしれないからな。【傲慢】で銃が広がる前に、今のうちに押《お》さえときたい。

「『硫黄の玉』か？　確かギルドの共通倉庫に二つばかりあったな」

「私、一つなら持ってるわよ」

【銀影騎士団】の倉庫にあった二つとレオナさんが個人的に持っていた一つ、計三つの『硫黄の玉』を売ってもらった。リンカさんにいいお土産《みやげ》ができたな。

よし、取引完了《かんりょう》。ミッションコンプリート、と。

取引を終えた僕は【銀影騎士団】を後にし、ついでにハルの所属するギルド、【フローレス】の本拠地である喫茶店《カフェ》に足を向けた。

町外れの丘《おか》の上にポツンと立つ喫茶店。リアルならば客なんか全く来ないようなところに【フローレス】の本拠地は立っていた。

お金目当ての店じゃないから、客なんか来なくても問題ないんだろうな。ギルド【カクテル】の本拠地であるバーもそんな感じだし。

「だからお断りだって言ってるでしょう？」

店に入ると【フローレス】のギルマスであるメルティさんの大きな声が響《ひび》いてきた。

カウンターの中にはメルティさんとエプロンをした【フローレス】のギルドメンバーである女性が一人。

それに対面し、彼女《かのじょ》らに睨《にら》まれているのは五人の男。

「それは俺たち【グランギニョル】に刃向《はむ》かうってことか？」

目つきの悪い【夢魔族《インキュバス》】の男がニヤつきながらメルティさんたちを睨み返す。

おっと、なにやらただならぬ気配……。

◇　◇　◇

なんともおかしなところに遭遇してしまったな。

【傲慢】のギルド、【フローレス】の本拠地《ホーム》である喫茶店の扉《とびら》を開いたら、言い争いの現場に出くわしてしまった。

今聞こえてきた【グランギニョル】ってのは、さっき行ってきたソウの所属する【銀影騎士団】とタメを張る【傲慢】三大ギルドの一つじゃなかったか？

「あん？　なんだオメェは？」

「……客だけど」

所在無げに佇む僕に気がついた【夢魔族《インキュバス》】のプレイヤーが睨《ね》め付けてくる。

赤髪で蛇《へび》のような目をした男性プレイヤーだ。腰《こし》に反り返った二つの短剣が装備されている。僕と同じ双剣《そうけん》使いか。

引き連れた残りの四人も全員男性プレイヤーで、それぞれ【魔人族《デモンズ》】と【獣人族《セリアンスロープ》】が二人ずつ。【獣人族《セリアンスロープ》】は狼《おおかみ》と狐《きつね》……かな。尻尾《しっぽ》でなんとなくだけど。

というか、その残りの四人の髪色《かみいろ》が青、黄、緑、桃色《ももいろ》だったもんだから、五人揃《そろ》って戦隊ヒーローか！　とツッコむところだった。

「シロ君いらっしゃい。ハルなら今ちょっと出てるけど、座《すわ》って待ってて。コーヒーでも出すから」

目の前にいる【夢魔族《インキュバス》】の男を無視して、ギルマスのメルティさんが僕に話しかけてきた。

「お邪魔《じゃま》ならまたにしますけど」

「邪魔なわけないじゃない。邪魔なのはこいつらよ」

「んだと⁉」

メルティさんの言葉に【夢魔族《インキュバス》】の男がいきり立つ。

「何度も言うようだけど、【フローレス】はどこの傘下《さんか》にもならない。第四エリアのボスならあなたたちだけで行けばいいじゃない。私たちは私たちで気の合うギルドと組んでボス戦に挑《いど》むわ」

「つまり俺たち【グランギニョル】と敵対するってことか？」

「それって脅《おど》し？　ＰＫギルドと手を組んでいるってのは本当みたいね？　だったら尚更《なおさら》ごめんだわ」

ＰＫギルドと手を組んでいる？　本当だとしたらタチが悪いな。

ＰＫ……つまりプレイヤーキラーは『ＤＷＯ《デモンズ》』ではペナルティが重い。町に入れないし、プレイヤーと取引をすると、その相手プレイヤーまでオレンジネーム……犯罪者予備軍となるため、ほとんどのプレイヤーは取引をしてくれない。

ただこれには抜《ぬ》け道《みち》もあって、ＰＫ……レッドネームのプレイヤーと取引をするとオレンジネームになってしまうが、オレンジネームのプレイヤーと取引をしても問題はないのだ。

　つまり、間にオレンジネームのプレイヤーを挟《はさ》めば取引ができてしまう。まあこれも回数を重ねるとオレンジネームやレッドネームになってしまうらしいが、数回なら問題ない。

　さらに言うなら『取引』でなければ問題なくやりとりができる。

　つまり、売ったり、買ったり、交換《こうかん》したりしなければいいのだ。無料《タダ》であげればいい。

　PKに無料でアイテムを渡すということは、それはつまりなにか頼み事《ごと》があるということで……。そしてPKへの頼み事なんて一つしかない。

「ずいぶんと威勢《いせい》がいいな。装備頼《だよ》りの弱小ギルドがよ……！」

「あら、それって自虐《じぎゃく》？　その装備頼りの弱小ギルドに頼らなきゃならない【グランギニョル《あんたたち》】ってどうなのかしら。情けなくない？」

「このアマ……！」

　うわー、メルティさんってこんなに好戦的だったっけ……？　脅しをかけてくる【夢魔族《インキュバス》】の男にまったく引いていない。ホント頼りになるギルマスだな。

　それにしても装備頼りの弱小ギルドって……。装備ってアレだよな、僕らが売ったやつ。

　アレらは全部Aランク装備だからな。ソウの言う通り【傲慢】では話題になってしまっているようだ。

ん？　つまりこの【グランギニョル】ってギルドは、【フローレス】の装備による戦力を求めているってことか？

というか……しつこいな、こいつ。もうすでに交渉は決裂《けつれつ》してんのにそれ以上話すことなんかあるか？

しつこく食い下がる【グランギニョル】らにいい加減うんざりした僕はつい口を挟んでしまった。

「いい加減帰ったらどうです？　それ以上は営業妨害《ぼうがい》になりませんかね？」

「あぁ？　ゲームの店で営業妨害なんかねぇよ！　誰《だれ》にも迷惑《めいわく》かけてねぇんだから、関係ないやつは引っ込んでろ！」

「いや、まさに今僕が迷惑してるんだけど。それ以上この店に絡《から》んでくるならGMコールするぞ？」

確かにゲーム内で営業妨害ってのはないかもしれないが、他プレイヤーに迷惑をかけてもOKってわけじゃない。

プレイヤーがしつこい迷惑プレイヤーをなんとかしてくれとGM《ゲームマスター》に通報すれば、内容次第《しだい》では重いペナルティが課せられることもある。

パワハラやセクハラ、粘着《ねんちやく》的なプレイヤーとか、ストーカーとかな。

どうやら【フローレス】は僕らが売った装備によって【グランギニョル】に目をつけられたようだからな。責任の一端《いつたん》は僕にもある。こいつらをなんとかしないと。

【銀影騎士団】のように力のあるギルドならこんな脅しはされなかったんだろうが。

「GMコールだぁ？　面白《おもしれ》え、やってみろよ。けどよ、もう町の外を歩けなくなるかもしれねぇな、お前。外に出たら誰かにキルされる覚悟《かくご》をしておくんだなぁ！」

赤髪のプレイヤーが僕に向かってニヤつきながら睨みをきかせてくる。つまり町の外に出たらPKギルドに襲われてキルされるって言いたいんだろうな、こいつは。

まあ、僕はこの領国のプレイヤーじゃないので全然平気ですがね。

「安っぽい脅しだな。【グランギニョル】ってのはそうやって大きくなったのか？『烏合《うごう》の衆』って言葉知ってるか？」

「テメェ！【グランギニョル】に喧嘩《けんか》売ってんのか⁉」

「ちょっと！　いい加減にしてよ！　本当に迷惑だから出て行ってくれる⁉」

僕らの言い争いにメルティさんがキレる。

あれ？　これって僕も出て行けってことかな……？

「ケッ！　後で後悔《こうかい》しても遅《おそ》いからな！　おい、テメェら行くぞ！」

僕らを睨みつけて五人の戦隊チンピラが店を出ていく。嫌《いや》がらせに扉を思いっきり、バン！　と閉めやがった。

「えっと、僕も出て行ったほうがいいんでしょうか……？」

「なんでよ。シロ君はお客でしょ。アイツらは客じゃないから」

どうやら出ていく必要はないようだ。ホッとしている僕をよそに、まだ怒《いか》りが冷めやらぬメルティさんが怒気《どき》を吐く。

「あー、もう！　ホントムカつく！　シエラ！　塩撒《ま》いて、塩！」

「はい！」

メルティさんと一緒《いっしょ》にいた【魔人族《デモンズ》】の女性が小さな壺《つぼ》を持って扉を開け、外へと中身をぶち撒ける。まだ外にあいつらがいるだろうに、なんとも豪快《ごうかい》だな……。

シエラさんという金髪ショートカットの女性が、やったった！　とばかりに、ムフー、と仁王《におう》立ちで息を吐いた。

「ごめんねー。せっかく来てもらったのに馬鹿の相手させちゃって」

「いえ、僕もムカついたので」

あんなのがいるなんて、【グランギニョル】ってギルドも碌《ろく》なもんじゃなさそうだ。

大手ギルドであればあるほど、規律というか、そのギルド内でのルールが必要になってくる。

一人の迷惑なプレイヤーのせいで、そのギルド全体が不利益を被《こうむ》ることだってあるのだ。

とはいえ、よほどのことをしでかさない限り、一発でギルドから追放なんてことは無いと思う。

何度も注意をしたのに、全く改善する気もないと判断された場合、ギルドマスターにより追放という沙汰《さた》が下るのだ。

当然ながらこの追放を受けないのがギルドマスターだ。自分がトップなんだから当たり前だが。

そしてそのギルドマスターが問題を起こすようなプレイヤーを抱えていても、そいつを追放していない場合の理由。

一つはギルドマスターの身内である場合。この場合の身内とは家族だけではなく、リアルでの知り合い、友達、恋人《こいびと》などを含《ふく》む。身内だから問題を起こしても追放しない。

そしてもう一つは、そのプレイヤーが起こす問題を問題として認識《にんしき》していない。つまり、同じ穴の狢《むじな》だ。

そのプレイヤーがするようなことを、ギルドマスターもしている。だから追放しない。まったく悪いと思っていないから。

どっちの理由だったとしても碌な奴じゃないと思うね、【グランギニョル】のギルドマスターってのは。

普通《ふつう》、そんなのがギルドマスターだったりすると、大概《たいがい》は愛想《あいそ》を尽《つ》かされ、ギルドを脱《だつ》退《たい》するメンバーが出たりするものなんだけど。【エルドラド】みたいにな。

それでも残っているってのは残りのメンバーも『そういう奴ら』なんだろう。これが【傲慢】三大ギルドの一つってのはどうなんだ?

不満はあるけど抜けられない、ってプレイヤーもいるかもしれない。なにせPKギルドと繋《つな》がっているようなギルマスだ。抜けたらPKされてもおかしくない。

あるいはそれ以上に大手ギルドというものに旨味《うまみ》があるのか。

「【グランギニョル】は元々、好き勝手やってた連中がツルんでできたギルドだからね。愚《ぐ》連隊《れんたい》みたいなものよ。で、そいつらを嫌がるプレイヤーは【銀影騎士団】か【パレード】へ勧誘《かんゆう》されるってわけ」

なるほど。やっぱり【グランギニョル】ってのはオレンジネームギリギリのギルドなんだな。PKギルドと繋がりがあるなんて噂があるくらいだ。ルールに抵触《ていしょく》していなければ、何をやってもいいと考える奴らなんだろう。

荒《あら》くれ者たちが一定数の集まりになるとタチが悪そうだ。

そんなことを考えていると店の扉が突然《とつぜん》、バン！　と勢いよく開いた。

【グランギニョル】の奴らが戻《もど》ってきたのかと一瞬《いっしゅん》身構えたが、そこには息を切らしたハルの姿が。

「みんな、大丈夫《だいじょうぶ》⁉　あれ⁉　はっくん？」

入るなり身構えた僕を見て目を丸くするハル。はっくんはやめろ。今はシロだから。

「大丈夫よ。なんとか追っ払《ぱら》ったから」

メルティさんが苦笑いを浮《う》かべながら答える。どうやらシエラさんがギルドチャットで知らせていたようだ。

安心したのか、ハルが脱力《だつりょく》したようにテーブル席の椅子《いす》に座る。

「よかった〜。まったくもう、あいつらホントにしつこい！　本当にGMコールしてやろうかな！」

「まあGMコールしても注意止まりでしょうね。明確に被害《ひがい》を受けたわけじゃないから……」

確かにメルティさんの言う通り、内容だけで言えば口喧嘩《くちげんか》、口論の類だ。脅された、と言ったところで、名指しで脅迫《きょうはく》されたわけじゃない。せいぜい匂《にお》わされた、というレベルだ。

そもそも『ぶっ殺してやる！』なんて言われたところで、現実世界とは違《ちが》い、VR世界ではGM《けいさつ》は動いてくれない。それが殺害予告だとしても、死んだところでゲーム内だから生き返るしな。

粘着プレイヤーやストーカーとして通報するにも、まだ三回ほどなので微妙《びみょう》なところらしい。

「んで、なんでシロ君がここに？　なんか約束してたっけ？」

「いや、ソウのところに行ってきたついでに届け物をね」

僕は【銀影騎士団】のついでにとリンカさんに渡されたものをインベントリからテーブルの上に出す。ここに来たのはこいつを届けに来たのだ。

「わ⁉」

「おお！」

「これって……！」

テーブルに出現したものに三人の目が釘付《くぎづ》けになる。

見た目は銃身《じゅうしん》が長いレトロチックなマスケット銃。それでいてどこかスチームパンク的なデザインが光る、リンカさん作のスナイパーライフルだ。

「頼まれていたメルティさんの銃です。射程距離《きょり》は以前渡した弓より長いそうですが、その分ブレがあるみたいで、慣れないと命中させるのは難しいらしいですよ」

基本的にはレンが使っているスナイパーライフルと同じものだ。だけどこっちの方が銃身が長いし、がっしりとしている。

まあ、レンの銃は彼女の体格に合わせているから小さくて当たり前なんだけども。

メルティさんがテーブルの上の銃を手に取る。

「思ったより軽いね。弓よりは重いけど、そこまで苦にならない感じ！」

喜びながら銃口《じゅうこう》を店内のいろんなところに向けるメルティさん。危ないんでこっちに向けないで下さい。今、窓から誰かが中を見たら喫茶店《きっさてん》強盗《ごうとう》かと思われるぞ。

「メルティ、やっぱりどこかのギルドと組んでメガサンドクローラーを倒しに行こうよ。そしたら【グランギニョル】の奴らももう勧誘には来ないって」

ハルが浮かれるメルティさんにそんな言葉をかける。

そもそも【グランギニョル】は【フローレス】の装備が目的なのだ。まあどうせ傘下に取り込んだら入手経路を聞き出そうって腹なんだろうけど。

「あ、それならソウの【銀影騎士団】がオススメだぞ」

「うーん、【銀影騎士団】もウチらの装備を欲《ほ》しがってたからなぁ……」

僕《ぼく》の提案にメルティさんが難色を示す。いちいち出所を聞かれるのが面倒《めんどう》なんだろう。

でもそれももう問題ない。

「大丈夫。さっき【銀影騎士団】にAランク装備と素材を売ってきたから。たぶん近日中にメガサンドクローラーは倒されると思うから、一緒についていった方がいい」

「「「えっ⁉」」」

三人の目が丸くなる。

「え、シロ君、【銀影騎士団】にAランク装備売っちゃったの⁉　なんで⁉」

「いや、なんでと言われても。お前がソウに内緒《ないしょ》にしようなんて言うからこうなったんだぞ。お前のギルドに売って、向こうに売らないなんてわけにはいかないだろ」

これは自業自得《じごうじとく》ってもんだろう。どうせこうなるとは思っていたけどね。僕の方にもソウに後ろめたい気持ちがあったから、今はスッキリしている。

「【銀影騎士団】にAランク装備ね……。これはかなり高い確率で第四エリアのボスを倒せるかも。こうなったら私たちも同盟を組ませてもらって、第五エリアへの一番乗りに便乗させてもらいましょう。乗るしかない、このビッグウェーブに！」

メルティさんが銃を突き上げて、決まったとばかりにこちらをニヤリと見遣《みや》る。いや、どうしろと。

まあ、【フローレス】が加わればさらに第四エリア突破《とっぱ》が確実になると思うけど。

悔《くや》しがる【グランギニョル】の連中の顔を見られないのが残念だ。

「シロさん、Aランクの革《かわ》ってありませんかね？　もしあったら売ってほしいんですけど……」

おずおずとシエラさんが僕に話しかけてくる。確かこの人は、【革細工《かわざいく》】のスキル持ちだったな。

【フローレス】の防具類を作っているって前にハルから聞いた気がする。

「いくつかはありますけど……」

Aランクの革なら第五エリアで狩《か》ったモンスターからドロップしたものがいくつかある。

【月見兎《ぼくら》】の防具類は、レンの【機織《はたおり》】で作った布か、リンカさんが作った金属鎧をメインにしているので、革系はあまり使わない。シズカの胸当てくらいか？

なので別に売っても構わないのだが、これって相場はいくらくらいなんだろう？【怠《たい》惰《だ》】と【傲慢《ごうまん》】で共通のモンスターなら、シエラさんたちも第五エリアに行けば自分たちで狩れるわけだし。あまりふっかけるのもな。

リンカさんに聞いとけばよかったな……。いや、僕が【鑑定】の熟練度を上げるのをサボっていたからか。

仕方ないのでギルドチャットでリンカさんに革の相場を聞き、適正価格で売った。それでもこちらには結構な儲《もう》けが出たけども。

Aランク素材は第五エリアに行くか、ガチャでランダムゲットしないと手に入らないかな……。いや、正確には第四エリアでもごく稀《まれ》に見つかることもあるらしい。

Aランクの革だって、第四エリアに生息するレアモンスターを倒せば手に入るかもしれないしね。

ただそれをやるにはかなりのリスクと、根気がいるけども……。

「よーし、これで防具もなんとかなる！　準備万端《ばんたん》整えて第五エリアへ行くわよ！　暑苦しい砂漠《さばく》エリアから脱出《だっしゅつ》よ！」

「「おー！」」

【銀影騎士団《ぎんえいきしだん》】と【フローレス】が組めば、たぶん第五エリアへ行くことはできると思う。

ううむ、暑苦しい砂漠エリアを抜けても【傲慢】の第五エリアは火山帯です。また暑いところですよ？　とは口が裂《さ》けても言えんな、こりゃ。

やる気に満ちた三人に曖昧《あいまい》な笑顔《えがお》を残し、僕は【傲慢】の領地を後にした。

◇　◇　◇

「あれ？　何してるの？」

【星降る島】に帰ってくると、レンたち年少組とウェンディさんが裏庭で何か作業をしていた。

「あ、シロさん、おかえりなさい。今ちょうどみんなで畑を作っていたんです」

畑？　ああ、前に言っていた、この島で野菜を作ってみるってやつか。

島にも食べられる野草や木の実などはあるのだが、ニンジンやダイコンのような野菜はない。この島で野菜ができれば、料理の素材として高いバフ効果がつくんじゃないかと僕らは思っている。

「【農耕】スキル持ちのプレイヤーから肥料を分けてもらいました。この島ならいらない気もするのですが、念のために」

ウェンディさんが鍬《くわ》で土を耕す手を止めて、肥料が入っていた麻袋《あさぶくろ》を取り出す。

思いつきの実験みたいなものだったのに、ずいぶんと本格的だなあ。

ふと畑の横を見ると、なにかの苗《なえ》みたいなものがいくつか置いてある。細い棒のような物も束になって置いてあるな。

「それを植えるの？」

「はい。これはミニトマトの苗です。リアルなミニトマトと違って『DWO《デモンズ》』での品種ですけど」

レンが苗を手に取って教えてくれた。ミニトマトか。初心者には比較的《ひかくてき》育てやすい野菜なんだっけか？

『DWO《デモンズ》』でもそれは同じようで、【農耕】スキルを持っていない僕たちでも、たぶん普通に育てられるらしい。

「苗はお城の方で畑を作っていたプレイヤーさんに譲《ゆず》ってもらいました。十日ほどでできるそうですよ」

え？　十日？　ミニトマトってそんなに早くできるもんなの？　あ、リアルで十日ってことか？　ならゲーム内で三十日ってことかな？

「ミニトマトの収穫《しゅうかく》には普通は開花から五十日ほどかかるそうです。この品種はゲーム内で十日ほどなので、リアルでは三、四日というところでしょうね」

疑問が顔に浮かんでいたのか、ウェンディさんが答えてくれた。思っていたよりもっと早かった。

五十日かかる収穫を三、四日か。ゲームとはいえ早いなあ。

「普通の品種もありましたよ。そっちは成長がゆっくりだそうです。それでも『DWO《デモンズ》』内だと半月でできてしまいますが」

まあそうか。通常の三倍の時が流れる『DWO《デモンズ》』では必然的にそうなる。ずっとログインしっぱなしはできないし、どうしたって数日は放置することになるのだ。

僕らのいない時はアシストデュラハンが世話を見てくれるだろうが、こればっかりは仕方がない。

育成期間が短くても育てる楽しみはあるはずだ。

そもそもこれは実験である。この島で野菜を作ったら高いバフ効果がつくのかという。

まあ、つかなくても別に普通に食材として食べればいいだけだし。ついたら……本格的に畑を作るのか、な？

今のところ木の実に山菜、魚に海藻類《かいそうるい》などで料理をしているが、野菜ができればもっと美味《おい》しい料理もできるはずだ。どうせバフがかかるのなら美味しいものを食べたいよな。

「一応、稲《いね》の苗ももらってきたんですけど」

「ちょっと待って⁉　畑だけじゃなくて、田んぼも作るの⁉」

思っていたよりもレンが本気だった。いや、田んぼも作ろうと思えば作れるとは思うけど！

だとしても、どれくらいの広さの田んぼを作ればいいんだろう？

ネットで調べたら、日本人が一年間に食べる米の量は、一人六十キロ程度らしい。これはちょうど一俵に相当し、一反《いったん》の田んぼからは約八俵収穫できるとか。

僕ら【月見兎《つきみうさぎ》】は七人なので、一反あれば充分っぽいな。

……ところで一反ってどれくらいの広さ……？　さらにネットで検索《けんさく》。

一反は三百坪《つぼ》……だから坪って……えーっと一反は約九九二平方メートル、か。

……いまいちピンと来ないな。畳《たたみ》六百畳分《じょうぶん》？　やっぱりピンと来ないな……。

バスケのコート二つ分……学校の体育館と同じくらい、か。これが一番わかりやすい気がする。

体育館と同じくらいの田んぼを作るのか？　大変そうだな……。

「お米ができたらおにぎりを作りたいですね！」

屈託《くったく》なく笑うレンに、僕は大変そうだけども楽しそうだから、まあいいか、とミニトマトの苗を植えるのを手伝うことにした。

ゲームは楽しんだ者勝ちだ。これも『DWO《デモンズ》』の楽しみ方の一つには違いない。

米ができるまで『DWO《デモンズ》』でも二ヶ月はかかるらしい。今から黄金の稲穂《いなほ》が首《こうべ》を垂れるのが楽しみだ。

DWO:07:06 INTERLUDE

【Game World】

「おー、これはすごいな。見事にできてる」

「美味しそうですよね！」

ミニトマトの苗を【星降る島】の畑に植えて三日後、見事にまんまるとした赤い実がなった。ミニトマトってこんな鈴生《すずな》りになるんだな。それともこれがそういう種なのかな？
朝露《あさつゆ》を浴びて赤く艶々《つやつや》としたミニトマトはもう収穫しても大丈夫だろう。まだ少し緑っぽいのは明日だな。

「美味《うま》っ！　フルーツみたい！」

「あっ！　ミウラちゃんつまみ食いしてる！」

どうやらミウラが先走って口の中に放《ほう》り込《こ》んだらしい。どれ、僕も……。

程《ほど》よく完熟している実をひとつプチリと捥《も》いで、一口サイズのそれを口に入れる。

ひと噛《か》みすると、程よい甘《あま》みと酸味が口の中いっぱいに広がった。ミウラの言う通りまるでフルーツのようだ。果肉もしっかりとしていて食いでがある。

「美味《うま》いな……」

「だよね！」

「シロさんまで……！　もう！　私も食べる！」

レンもひとつ捥いで口の中に入れ、その相好を崩《くず》した。

「皆《みな》さん食べるのはいいですけれど、ステータスに変化はありましたか？」

「あ、いけね」

苦笑《くしょう》しながらのシズカに言われ、この畑を作った当初の目的を思い出した。

普通の野菜をこの島で育てたら、果たして支援効果《バフ》はつくのか？　ってやつだ。

ステータスウィンドウを呼び出して確認《かくにん》してみる。

ＶＩＴ（耐久力《たいきゅうりょく》）のところが（＋３）となっていた。どうやらこの島で育てれば、普通の野菜も支援効果《バフ》がつくようだ。

もう一個ミニトマトを食べてみる。ステータスに変化はなかった。重複はしないらしい。

ミニトマトを何個食べても（＋3）しか上がらないということだな。

「ではこのミニトマトを使って料理を作ってみましょう」

【料理】スキルを持つウェンディさんがミニトマトを使って石窯《いしがま》でピザを焼く。

チーズとトマト、バジルのみのシンプルなマルゲリータだ。その上にスライスされたミニトマトが載《の》っている。

「ミニトマト以外はこの島の外で買ってきた食材です。料理にすると、また違った支援《バフ》効果が出ると思います」

「いただきまーす！」

ミウラが真っ先に手を伸《の》ばし、ピザを一切れ、はむっと頬張《ほおば》る。

「美味しー！」

はしゃぐミウラを横目に僕もピザを一切れ食べてみる。うむ、美味い。シンプルな味ながら、いや、シンプルな味だからこそ、素材の美味さが際立《きわだ》つと言うか。

一切れ食べ終わり、ステータスウィンドウを開いて確認してみると、ＶＩＴが（＋8）、ＨＰが僅《わず》かに増えていた。

「やっぱりそのまま食べるより料理をした方が効果が上がるんだな」

「そのようですね。こちらもどうぞ」

そう言ってウェンディさんが差し出してきたのは鳥肉とミニトマトが載った別のピザだった。照り焼きチキンピザ、かな？　いや、鶏《にわとり》じゃないからチキンじゃないか？

とりあえずそれも一切れ食べてステータスを確認すると、さっきのマルゲリータより支援効果《バフ》が高かった。

「これはさっきより島の素材が多いからかな？」

「たぶんそうでしょう。小麦やチーズまでこの島で作れたら、もっと高い支援効果《バフ》のピザができるでしょうね」

小麦やチーズまで？　本気で農地開拓《かいたく》でもする気かな……？　個人でやる分には問題ないけどさ。

ウェンディさんだって別に料理を作って売りに出したいわけじゃないだろうから、そんなに収穫量《しゅうかくりょう》はいらないと思うし。

だけど小麦はまだわかるけど、牛ってのはどうなんだろう？

牛に類似《るいじ》したモンスターもいるし、第一エリアの村には牛を飼っている農家もあった。譲ってもらえれば牛は手に入ると思うが、それをそのままここに連れてきただけで、その牛に支援効果《バフ》は生まれるのか？

「おそらくですけどたぶん効果は出ないと思います。出るとしたら次世代の牛でしょうね。この土地のものを食べて、この土地で生まれた牛ならばその可能性は高いかと」

だよな。この土地に連れてきただけで支援効果《バフ》が生まれるのなら、町で買ってきたミニトマトをこの島に持ってきただけで支援効果《バフ》がついたはずだ。

っていうか、牛とか飼うの……？　そこまでしなくてもよくない？　支援効果《バフ》のある料理は確かに魅力的《みりょくてき》だけど、それまでの労力を考えるとそこまでしなくてもいいんじゃないかなぁと思わんでもない。

農業・畜産系《ちくさんけい》に特化したギルメンがいたなら話は別だったが。

今からそっち方面を伸ばすのも大変だろう。自分のプレイスタイルを完全に変える必要があるし。

かといって、これだけのために新メンバーを加入させるってのもね。

うちの【月見兎《ギルド》】は効率重視のギルドじゃないし、誰彼《だれかれ》なしに加入を認めるギルドでもない。

特に年少組三人がいるため、悪影響《あくえいきょう》を与《あた》えるメンバーは保護者であるウェンディさんが許さないだろう。

本音を言えばもう一人くらい男性プレイヤーを加入させてほしいところなのだが……。

仮にも日本有数のお嬢様《じょうさま》学校に通う三人だ。ウェンディさんの目も自然と厳しくなる。僕の場合、レンとリアルで知り合っていたから（プラス、ご両親の許可があったから）、大丈夫だっただけで。

やっぱりしばらくは無理かなぁ……。

僕はピザを食べながらそんなことを考えていた。

◇　◇　◇

「えーっと、こっちがオニフクロダケで、こっちがドリカブト……」

僕はより分けたキノコや植物の根や葉を、それぞれ調合道具の薬研《やげん》でゴリゴリと潰《つぶ》していく。

毒々しい色の汁《しる》が出てくるが、さもあらん、これらは全て毒キノコや毒草であった。しかも、これらは他の領国で見つけたけっこうレアなアイテムだ。

最近怠《なま》けがちな【調合】の熟練度を上げようとしたのだが、これがなかなか上がらなかった。

【調合】は、ランクの高い薬品を調合するか、調合したことがない薬品を作ることで大きく熟練度が上がる。

そしてそれを繰《く》り返すことで、しばらくは熟練度の伸びが良くなるのだ。

ポーションやマナポーション、スタミナポーションなどの回復薬を始め、キュアポーションなどの解毒薬《げどくやく》も作ってきた僕だが、毒自体はあまり作ったことがなかった。

なので【調合】の熟練度を上げようと、こうして毒作りに勤《いそ》しんでいるのである。……なんか人聞き悪いな……。

毒と言っても色々とあって、段階ごとに【毒】、【猛毒《もうどく》】、【超猛毒《ちょうもうどく》】、【超絶毒《ちょうぜつ》】とある。

僕が見たことがあるのは【猛毒】までで、噂《うわさ》によると、【超絶毒】ともなると、触《ふ》れただけで大ダメージ、体内に入ったらそれで即死《そくし》、らしい。あくまで予想の噂だが。

未《いま》だ作ったプレイヤーはいないらしいが、そんなもので毒ガスなんて作ったら広範囲《こうはんい》即《そく》死《し》攻撃《こうげき》だよな……。

普通、毒攻撃を与えるにしても、相手の抵抗力《ていこうりょく》ってものがあって、大抵《たいてい》の毒は発動する確率は低かったりする。

なので僕の撒菱《まきびし》毒のように、何回も与えるようにして確率を上げるか、【毒付与《どくふよ》】のスキルをつけて確率を上げないと、どうにも使い勝手が悪い。

だけど、毒の強さを高めればこの確率がグッと上がるのだ。【超絶毒】とまでは言わないが、【超猛毒】は作ってみたいところだ。

毒にも組み合わせみたいなものがあって、正しい配合率と熟成時間を割り出せればできるとは思うんだけど……。

以前手に入れた『薬品図鑑《ずかん》』を見ながら、【調合】を発動させ、ポンッ、と出来上がった紫色《むらさきいろ》の小瓶《こびん》に【鑑定《かんてい》】をかける。

【毒薬（粗悪品《そあくひん》）】　Gランク

■微弱《びじゃく》な毒
　運が悪いと【毒】状態になる
□毒アイテム／バッドステータス付与
□複数効果あり／
品質：ＢＱ（粗悪品《バッドクオリティ》）

うむむ、失敗か……。レア素材を無駄《むだ》にしてしまった……。

だけど毒で粗悪品ってのは逆にいいことなんじゃ？　とか思ってしまった。

この場合の粗悪品ってのは毒効果が薄《うす》い、ってことなんだろう。『運が悪いと【毒】状態になる』ってあるしな。つまりはよっぽど運が悪くなきゃ【毒】状態にならず、なっても大して強い毒じゃないってことだ。

しかしこれって、どうするかな……。

アイテムとして使うにもほとんど効果はないし、そこらに捨てるのも気が引ける。インベントリの肥やしにするしかないか……？　けっこうあるんだけど……。

あ、ちょっと待てよ？　アレと組み合わせたらひょっとしたら……。

僕はちょっとしたことを思いつき、【毒薬（粗悪品）】に手を加えて【調合】を始めた。

試行錯誤《しこうさくご》すること数時間。

「よし！　うまくいった！」

【除虫薬】　Xランク

■殺虫成分がある毒薬
　虫以外には効果なし

□毒アイテム／バッドステータス付与
□特殊効果《とくしゅこうか》　HP5以下の虫に即死効果
品質：S（標準品質《スタンダード》）

　殺虫成分のある植物から抽出《ちゅうしゅつ》したエキスと【毒薬（粗悪品）】を混ぜて作った。

　HP5以下の虫なら即死か。スプレーで噴射《ふんしゃ》すれば畑を荒《あ》らす虫なら殺せるか？

『DWO《デモンズ》』には、犬や猫《ねこ》、牛や豚《ぶた》といった普通の動物の他にも虫や魚なども存在している。犬や猫はペットとして、魚や牛や豚は食料として存在するのはまだわかるが、虫なんかいても邪魔《じゃま》なだけでは？　と多くのプレイヤーは思っている。

　畑を作れば一定確率で害虫として現れるし、蜂《はち》に刺《さ》されたというプレイヤーもいる。毒虫やミミズなんかもいるらしい。

まあ、蜂は受粉とか役目があるのかもしれないが、畑を荒らすアブラムシや蛾《が》の幼虫なんかは邪魔なだけだろう。なにもVRだからってそこまで再現しなくてもいいと思うんだが。

ああ、ミミズなんかは土を肥やすし、釣《つ》りの餌《えさ》に使うのかもしれないな。

実を言うとこの除虫薬、普通にNPCの店で売ってたりもするんだが、失敗作の毒薬からできるなら買う必要はないよね。

島の畑に虫がわいたらこいつを使おう。これで調合に失敗しても無駄にはならないぞ……と言ってて虚《むな》しくなってきた……。なんとか成功させねば。

それから何度も失敗を重ね、今日はもう諦《あきら》めるかとテキトーに最後の調合をしたとき、思いがけずその時はきた。

【毒薬（超猛毒）】　Xランク
■かなり毒性の強い毒

高い確率で【超猛毒】状態になる
□毒アイテム／バッドステータス付与
□複数効果あり／
品質：S（標準品質《スタンダード》）

おお！　最後の最後にできたぞ！　なんと毒々しい色！　こいつならどんなモンスターもイチコロだろう！

いや、実際は時間経過と共にダメージを受けるのでイチコロではないけれども。

惜《お》しむべきは、最後だったので配合率をちゃんとメモらず、けっこう適当に目分量で混ぜてしまったことだ。素材を残すのもどうかと思ったし……。

偶然《ぐうぜん》の産物？　ま、まあ、大まかなところはわかっているから、熟練度が上がれば普通に作ることもできるだろう。……いつか。

さて、できたのはいいけれども、どうするかな、これ。

試《ため》してみたい気はするけれども、もったいない気もする。

『毒薬（超猛毒）』は量としては人差し指ほどの小瓶ひとつ分なので、二回か三回使ったらもう終わりだろう。

いや、だけどもきちんと試した方がいいな。敵モンスターやPKなんかが使ってこないとも限らない。対処法は知っておくべきだ。

毒は基本的に武器に塗《ぬ》りたくって使うか、食べ物に混ぜて食べさせるかして使う。

当たり前だが、食べさせて体内に取り込ませた方が毒状態になる確率は高い。けども、野生のモンスターが毒を含んだ食べ物を食べるかっていうと……。

なので、大抵は戦いの最中、大口を開けたモンスターの口の中に、蓋《ふた》を開けた小瓶のまんまの毒を投《な》げ込むという方法が取られている。

これならほぼ確実に毒状態になるらしい。口の大きい大型モンスターに限るが。

「まあ、誰《だれ》かに飲ませて試すってわけにもいかないだろうけどさ」

自分で試すってのが一番わかりやすいのかもしれないけども、僕の場合なあ……。

自慢《じまん》じゃないが、僕のHPとVIT（耐久力）はそれほど高くない。魔法使《まほうつか》いであるリゼルとどっこいどっこいといったところなのだ。

基本的に避《よ》けることを重視したAGI（敏捷度《びんしょうど》）特化型になっているし、それを活《い》かすために紙装甲《かみそうこう》にもなってるから、クリティカル一発、下手したら普通の大ダメージ攻撃であっさりと死ねる。

なもので、毒を食《く》らってしまうとあっという間にHPが減って死んでしまうのだ。しかもこれは【猛毒】の上をいく【超猛毒】。一回のダメージでどれだけ減るかわかったもんじゃない。さすがに一回で死ぬってことはないと思うけど……。それだと即死攻撃《そくしこうげき》になっちゃうからな。

きちんと確認するためにはHPが高く、VITが高い人に試してもらいたいところだが……。

◇◇◇

「それでなんで俺《おれ》のところに来る……」

「【カクテル】のギムレットさんと悩《なや》んだんですけど、耐久力なら【鬼神族《オーガ》】かなぁって」

僕の目の前には嫌《いや》そうな顔をした【スターライト】のガルガドさんがいた。

ここはギルド【スターライト】の本拠地《ほんきよち》であるお屋敷《やしき》の中庭である。

そこに作られた白亜《はくあ》の四阿《あずまや》で、僕は完成した『毒薬（超猛毒）』を取り出して、ガルガドさんに協力を頼《たの》んだのだ。

ウェンディさんでも大丈夫《だいじょうぶ》だとは思ったんだけど、心情的に女性に毒を盛るってのはね……。

「これが『毒薬（超猛毒）』ですか。いくつか完成させた例は聞きますけど、実物は初めて見ましたね」

「うわー、シロちゃん、毒ウサギになるの？」

テーブルに置いた『毒薬（超猛毒）』を興味深そうに見ているのはセイルロットさん。

人聞きの悪いことを言っているのはメイリンさんだ。

なんだよ、毒ウサギって。そんなウサギ見たことないよ。

あ、いや、『DWO《こっち》』にはいるのか。毒を持つウサギモンスターも。

「貴重なアイテムだろうに、使っていいのかい？」

「本番でいきなり使うより、ある程度効果を知っていたほうがいいですからね。別にこれが最後というわけじゃないですし」

アレンさんが心配そうな顔で尋《たず》ねてくるが、別に構わない。調合レシピは記録してはなかったが、必要な素材はわかってるし、ある程度の目安はついている。

あとは【調合】の熟練度が上がれば、普通《ふつう》に作れるはずだ。だからこの一本は検証に使う。ネットでも調べてみたんだけど、細かくは書いてなかったんだよね。

まだ【超猛毒】を使うモンスターがいないからかもしれない。それともプレイヤーが秘《ひ》匿《とく》したいなにかがあるのかね？　いや、そもそもあまり数が作られていないのか。

「じゃあ、早速《さっそく》ガルガドで実験してみましょう！　ガルガド、自分のステータスを録画保存して下さいね」

「おい、マジでやんのか……？」

実験を頼んだセイルロットさんのテンションが高い。真逆にガルガドさんのテンションはどんどんと落ちていく。まあ、気持ちはわかるが、ここは協力してほしい。

「まずは攻撃による毒付与のダメージですね」

「なんでお前、楽しそうにナイフに毒塗ってんだ……。さすがに引くわー……」

セイルロットさんがニコニコと自分のナイフに『毒薬（超猛毒）』をポタポタと垂らした。なんか目つきが怪《あや》しいな……。セイルロットさんに頼んでよかったのだろうか……。

僕だと細かいところのステータス変化に気がつかないかもしれないと思ってのことだったが、どうにもこっちはこっちで不安がある。

「さ、腕《うで》を出してください。痛くないですからね～」

「注射かよ」

対面に座《すわ》るセイルロットさんにガルガドさんが太い腕を差し出した。

その腕にセイルロットさんがスッとナイフを滑《すべ》らせる。糸筋のような傷が走った。

「どうです？」

「なんともねえな。抵抗《ていこう》に成功したんだろう」

ま、さすがに一発で【毒】状態にはならんか。普通の毒でさえ、何回も切り付けてやっと効果が出るくらいだからな。

続けてスッ、スッと二回セイルロットさんが切りつけると、ドゥン……というSEとともにガルガドさんの頭上に紫色の【毒】アイコンが現れ、くるくると回り出した。

え、もう【毒】状態になったのか⁉

「三回目で⁉」

「え、早くない⁉」

ジェシカさんもベルクレアさんも驚《おどろ》きの声を上げていた。確かに早い。結局は確率だから、運が良かった（悪かった？）というだけかもしれないが。

「うお⁉　なんだこりゃ⁉　ちょ、ちょい待て！　速い速い速い！　回復薬……！」

突然《とつぜん》ガルガドさんが焦《あせ》り出し、インベントリからハイポーションを取り出した。そしてそれを一気に飲み干す。ＨＰが非表示になっているから、何が起こっているのかわからんな。

「げっ!? 嘘《うそ》だろ、なんで……!? おい待て、これって……! あがっ……？」

ガルガドさんがなにかに驚いたまま白目を剥《む》き、その場にぶっ倒《たお》れた。口から泡《あわ》を吹《ふ》いてピクピクと痙攣《けいれん》している。

あまりの出来事に僕《ぼく》らが唖然《あぜん》としていて、なにもできないでいると、ガルガドさんの頭上のアイコンが天使の輪に変化した。

「あ、死んだ」

メイリンさんの声と同時にガルガドさんの身体《からだ》が光の粒《つぶ》となって消えた。死に戻《もど》ったのだ。

まあ、たぶん復活場所は【スターライト】の本拠地《ホーム》であるここなんだけれども。

「あっさりと死んだね……」

「いくらなんでも速すぎない？」

「ガルガドってかなりHPも多いし、VIT（耐久力）も高いのに……」

「あ、でもLUK（幸運度）が低いから、あんなに早く毒を食らったのかもしれないな」

「これは使えますね……！ なんとか安定した供給が欲《ほ》しいところです」

【スターライト】の面々がそんなことを口にしていると、屋敷に続く扉《とびら》を開けて、ゲンナりとしたガルガドさんが中庭に姿を現した。頭上にはステータスダウンのアイコンが浮《う》かんでいる。死んだからな。

「ひでぇ目にあった……」

「ガルガド！　録画したステータス画面を早く見せなさい！」

「っの、少しは心配とか……！　いい。お前にゃ言うだけ無駄だ……」

何かを悟《さと》ったような顔で、迫《せま》るセイルロットさんに促《うなが》され、ガルガドさんが動画を開く。

少し大きめに表示して、みんなにも見えるようにしてもらった。

『うお⁉　なんだこりゃ⁉　ちょ、ちょい待て！　速い速い速い！　回復薬……！』

毒を受けた次の瞬間《しゅんかん》、ガルガドさんのＨＰがものすごい勢いで減っていく。あれ？　毒ってこう、一定時間ごとに小ダメージ、って感じでだんだんとＨＰが減るはずなんだが。

スーッと減っていってるな。

ほぼ半分くらい減ったところでガルガドさんがインベントリから取り出したハイポーションを飲む。

すると驚いたことに、残りのＨＰが一瞬《いっしゅん》にしてギュン！　と大幅《おおはば》に減り、あっという間にレッドゾーンに突入《とつにゅう》した。ステータス画面が真っ赤だ。

そしてそのままガルガドさんがぶっ倒れ、画面が真っ黒になる。御臨終《ごりんじゅう》だ。なんまいだぶ。

「これってどういうこと？　ハイポーションを飲んだら一気にＨＰが減ったけど」

「おそらく回復薬がマイナス効果になっているんでしょう。普通ならＨＰを回復するポーションが、ダメージを与える物になっている」

「じゃあＨＰを回復させる手段がないってこと？　回復魔法《まほう》も？」

「たぶん同じでしょうね。毒を活性化させる、とでも捉《とら》えればいいのかな。まずは毒自体をなんとかしないといけないいんだと思います」

いや、そんなん初見殺しやん……。普通のプレイヤーは回復しようとするよ。でもそれが実はトラップなんて気がつかんよ。

「毒自体を、ってことは、解毒《げどく》ポーションですか？」

「おそらくは。だけど普通の【毒】、【猛毒】の解毒ポーションでいいのかどうか。ガルガド、もう一度食らってもらえますか？」

「この野郎《やろう》、軽く言いやがるなぁ……！　【超猛毒】状態になるとすげぇ気持ち悪りぃんだぞ！　二日酔《ふつかよ》いの朝よりひでぇ！」

ガルガドさんがそんな感想を述べてくるが、未成年なんでわからん。二日酔いってそんなにキツいんかね？

「つーか、普通の解毒薬じゃ効かねえんじゃねえか……？　無駄に食らいたくねえぞ、俺は」

「だからその検証をするんじゃないですか。大丈夫です。今度は私も解毒魔法をかけますから」

【神官戦士《バトルプリースト》】であるセイルロットさんは回復魔法の使い手でもある。解毒魔法も使えるんだろうけど、それも果たして効くのかどうか。あれ？　でも……。

「ほら早く！　さっさと腕を出して！」

「お前、絶対に後で殴《なぐ》る……！」

こめかみに青筋を浮かべたガルガドさんが、それでもセイルロットさんの前に腕を差し出す。

さっきと同じように、セイルロットさんが【超猛毒】を塗ったナイフで、スッ、スッと浅く切り付けていく。

お、今回は三回では発動しなかった。やっぱりさっきのは運が悪かっただけか。と、思ったら、四回目で紫《むらさき》の【毒】アイコンが回り出した。

「だから速ぇだろ!?　なんだ!?　さっきより速ぇぞ!?」

「あ、ガルガドってば、今デスペナ受けてるから……」

ベルクレアさんの言葉に、あ、と【スターライト】のみんなが、ガルガドさんの頭上にあるステータスダウンのアイコンを見て声を漏《も》らした。

そうなんだよ。僕もさっきチラッとそう思ったんだ。デスペナ受けてるガルガドさんは、さっきよりステータスが低い。そりゃ抵抗力も低くなっているわけで。

ガルガドさんがすぐに解毒ポーションの蓋を開け、一気にそれを飲《の》み込んだ。

「どうです？」

「ダメだ！　全く効果がねぇ！」

解毒ポーションは効果なし、か。それを聞いて、すかさずセイルロットさんが解毒魔法を発動させる。

「【デトックス】！」

あれ？【キュア】じゃないんだな。初級の回復魔法だと解毒は【キュア】だったはずだが。中級魔法かな。

「おっ！　さっきよりは緩《ゆる》やかになった……って、もうレッドゾーンに入ってる⁉　あがっ……⁉」

ガルガドさんがさっきと同じくテーブルに突《つ》っ伏《ぷ》すようにぶっ倒れた。その彼《かれ》に向けて、セイルロットさんが再び解毒魔法を発動させる。

「【デトックス】！」

すると、ガルガドさんの頭上にあった【毒】アイコンがふっと消えた。おお！　解毒成功だ！

解毒魔法二回で回復か。一回だけだと解毒しきれないってことか？

「ふう、危なかったですね。多少なりとも効果があったようですから、もう一回、とかけてみたのですけど、正解だったようです。やはりこの毒は……」

セイルロットさんがやり遂《と》げた、という満足そうな笑顔《えがお》で語り始めたとき、テーブルに突っ伏したガルガドさんの身体がずり落ち、頭から床《ゆか》に落下した。

ゴチン！　と痛そうな音がして、その頭の上に天使の輪のアイコンが現れる。

「あ、死んだ」

さっきと同じく、メイリンさんの声と同時にガルガドさんの身体が光の粒となって消えた。せっかく助かったのになぁ……。

おそらくＨＰが1か2くらいしか残ってなかったんだろうな……。

セイルロットさんもドヤ顔で語ってないで、回復魔法の一つでもかけてやればよかったのに……。

しばらくするとガルガドさんが再び屋敷の扉から現れた。その顔はさっきよりも真っ青だ。あれ？　『DWO《デモンズ》』ってそこまで表現できんの？

「気持ち悪りぃ……」

二回連続で【超猛毒】の毒牙《どくが》にかかったガルガドさんはぐったりと四阿《あずまや》のテーブルに突っ伏した。

「二日酔いの朝にジェットコースターに乗せられたレベルで気持ち悪りぃ……」

よくわからんが、気持ち悪いってのはよくわかった。

「【超猛毒】は解毒ポーションが効かず、解毒魔法一発で解毒できる毒なのね」

「解毒ポーションが効かないってのはどうでしょうかね。まだその上の『超解毒《ちょうげどく》ポーション』的なポーションが作られてないだけかもしれません」

ぐったりとしたガルガドさんを置いて、ジェシカさんとセイルロットさんがそんな分析《ぶんせき》をしている。

確かにこの毒を解毒するための解毒ポーションがあってもいい気がする。

さらにいうなら一発で解毒できる解毒魔法も。たぶん上級魔法にあるんじゃないかな？

上級魔法はまだ解放されてないからわからないけれども。

「じゃあ最後に【超猛毒】を飲んだ場合のステータス変化を……」

「ふっざけんな！　もうやらねぇぞ、俺ぁー!?」

にこやかに言い放ったセイルロットさんに、ガルガドさんがさすがにキレた。そりゃキレるわ。

「だいたいステータスダウンしてんだから、やったところで正確なところはわからんだろうが！」

「ちっ。じゃあデスペナが終わったらもう一度……がもっ⁉」

最後まで言わせず、ガルガドさんがセイルロットさんの首根っこを片腕《かたうで》でロックし、その口に残りの入った【超猛毒】の小瓶を突っ込む。

「そんなに見たけりゃ自分で試してみるんだなあ……！」

「もが、ごっ⁉」

ごくん、とセイルロットさんが飲み込んだことを確認すると、パッとガルガドさんが手を離《はな》した。

「ゴ、ゴホッ！　なんてことすんですか⁉　あっ、減るの速っ⁉　ちょっと待ってちょっと待って！　【デトックス】！　【デトッ】……間に合わ——っ⁉」

バターン！　とその場にぶっ倒れたセイルロットさんが泡を吹いてピクピクと痙攣している。すぐに【毒】アイコンが天使の輪に変わり、セイルロットさんが光の粒となって消えた。

「悪は滅《ほろ》びたぜ」

「いや、それは……。うん、まあ、この場合、セイルロットの自業自得《じごうじとく》かな……」

ガルガドさんの言葉にアレンさんが苦笑する。ま、調子に乗ってたのは確かだしなあ。

しばらくして、屋敷の扉からガルガドさんと同じく顔を真っ青にしたセイルロットさんがふらふらとこちらにやってきた。

「二日酔いの朝よりも気持ち悪いです……」

「へっ、ざまみろ……」

同じようにテーブルに突っ伏したセイルロットさんに、ガルガドさんが嬉《うれ》しそうな声をかける。しかしながらその顔は二人とも青い。

「だいたい【超猛毒】の効果はわかったけど、モンスターに対しての効果はどうなんだろうね？」

「相手の抵抗力にもよると思いますけど、普通の毒よりは発動する確率が高いんじゃないかと思うんですけど」

あの発動率なら、撒菱《まきびし》に塗るなんてことで回数を稼《かせ》ぐより、普通に切り付けた方が楽かもしれない。ただ、【超猛毒】を作るコストがなあ……。

ぶっちゃけ、素材を取りに行くのも大変だし、【調合】の確率も低い。コスト面でいうと、かなり割に合わない。

素材を集めるのに使ったコスト、【調合】に失敗した分のコスト、それらを全部回収できるほどの素材を落とすモンスターでないと、もったいないわけで……。

いや『楽に倒せる』という手間を省くのにお金を払《はら》っていると思えばいいのかもしれないが……。

これ、使うより普通に高く売った方がいいかもしれないな……。

買う人は買うんじゃないかと思う。値段次第《しだい》だろうけども。

「それはそれとして……。シロ君？　実は私も【調合】を持っているんだけれども」

へえ。ジェシカさんも【調合】スキルを持ってたのか。ぼんやりとそんなことを思っていたら、がしっ！　と両肩《りょうかた》を掴《つか》まれた。あれっ、VRなのにちょっと痛いな……？

「【超猛毒】のレシピって教えてもらえないかしら？　もちろんタダでとは言わないわ」

笑っているのに目が笑っていないジェシカさんがトレードウィンドウを開いてきた。

そこにズラリと並んでいたのはあらゆる毒草、毒薬、毒キノコ、毒針、毒魚、毒虫のオンパレード。毒の大盤《おおばん》振る舞《ぶ》いだ。

これだけあればしばらく【調合】するのに困らないぞ。けっこうレアな素材もある。ズルいなぁ、これは断れない。

「確実というわけではないのでよければ……」

「構わないわ。一つの方向性がわかるだけでも」

【調合】というのは正解が一つというわけではない。AとBでできるものが、全く違《ちが》うYとZでもできてしまったりもする。素材やコスト、成功確率などが違ったりするだけで、結果だけ見ればどれも正しい。

なので、僕が見つけたやり方よりもより簡単に、より確実に【超猛毒】を作れるレシピがあるとは思う。熟練度による成功確率のバラつきは置いといて。

それでもいいというなら断る理由はない。

ジェシカさんに使った素材のレシピを渡《わた》し、毒アイテムの詰《つ》め合わせをいただく。

毒草がけっこう多いな……。こんなの持ってたらどんだけ毒好きなんだって思われないかね……。

ふと、この毒草って【星降る島】で栽培《さいばい》したらどうなるんだろう、という疑問が湧《わ》いた。

野菜や果物はステータスアップの効果がついた。

ひょっとして、毒草もステータスアップの効果がつく？

これは要検証だな。

僕はもらった毒草類を確認《かくにん》しながらそんなことを考えていた。

後日、【星降る島】で毒草を植えて育ててみたのだが、結果、ステータスアップの効果がついた。

うん、ステータスアップだ。普通、毒草はステータスダウンするもので、ステータスアップしたんでは役に立たぬ。プラマイゼロの普通の草になってしまった。うまいことといかないもんだ。

だけども、逆に薬草類を植えたらこちらは普通にステータスアップの効果がついた。これらでポーションを作ると、何割か回復効果がアップしたものが作れるようになった。

そんなわけで僕らのギルドホームの裏庭に、薬草畑が作られることになった。僕しか【調合】を持っていないので、管理責任者は僕だ。

正直ちょっとめんどい。枯《か》らさないようにしないとなぁ……。

あとがき。

『ＶＲＭＭＯはウサギマフラーとともに。』第7巻をお届け致しました。

もう一つの拙作、『異世界はスマートフォンとともに。』第28巻と同時発売になります。

アニメ第二期共々、そちらの方もよろしくお願い致します。


第五エリアはジパングということで、みんなの装備がチェンジしております。

シロ君は書生スタイルということで。このシロの書生スタイルは割と良かったのではないかと思います。

まあ、残りの選択肢が忍者か仕事人くらいしかなかったけれども……。

ジパングと言っても戦国時代だけじゃなく、江戸・明治・大正時代も含めた、かなりごちゃ混ぜのエリアです。

『和風』ではあるが、『日本』ではない。それはまさしく『ジパング』という世界観なのではないかと。

マルコ・ポーロの『東方見聞録』に出てくるジパングなんか、日本人が読んだら『なんだこりゃ』と言いたくなるようなものですし。

まあ、マルコ・ポーロは日本を訪れたことはなくて、中国などで聞いた噂話で書いたらしいです。噂に尾鰭がついたんでしょうね。

『海外から見た日本ではない日本』。そういう世界観も面白いんじゃないかなと思い、第五エリアに設定した次第です。そんなエリアでのシロ君たちの活躍にご期待下さい。


それでは謝辞を。挿絵担当のはましん様、担当のK様、ホビージャパン編集部の皆様、本書の出版に関わった皆様方に深く感謝を。

そしていつも『小説家になろう』の方で読んで下さる読者の方々、並びに今、この本を手に取って下さり、ここまで読んで下さった全ての方々に感謝の念を。

冬原パトラ

突然冬夜達の前に現れた、
『フレイズの王』。
TVアニメ第2期放送中!!
フォンとともに。29
2023年秋頃発売予定！

メルの弟だという彼はなぜこの世界に現れたのか。
そして新たなる
邪神の使徒の手が忍び寄っており――。
異世界はスマート
冬原パトラ
illustration■兎塚エイジ

Anytime I can!
いつでも自宅に帰れる俺は、異世界で行商人《ぎょうしょうにん》をはじめました
霜月緋色 著
Hiiro shimotsUKI
ill. いわさきたかし
①〜⑦巻 好評発売中!
⑧巻 2023年発売予定!

「小説家になろう」
四半期
第1位
異世界転生・転移
ファンタジー部門
（2019年8月19日時点）
いつでも自宅に帰れる俺は、異世界で行商人をはじめました
VOL.1
明地雫
霜月緋色
コミック単行本
①～③巻 好評販売中!!
漫画：明地雫
原作：霜月緋色
キャラクター原案：いわさきたかし

コミカライズも連載中の
スナイパー英雄譚！
著／かたなかじ
イラスト／赤井てら
漫画：瀬菜モナコ
原作：かたなかじ
キャラクター原案：赤井てら
発売予定!!

魔眼と弾丸を使って
異世界をぶち抜く!
第17巻 2023年夏

著／保利亮太
イラスト／bob
ローゼリア王国を
手に入れた
御子柴亮真の
躍進は続く――。
2023年夏発売予定！

コミック版も好評連載中！
漫画：八木ゆかり
原作：保利亮太
キャラクター原案：bob
コミックス
①～⑨巻発売中!!
ファイアクロス公式サイト
firecross.jp
ウォルテニア戦記XXV

HJ NOVELS
HJN44-07

VRMMOはウサギマフラーとともに。7

2023年4月19日　初版発行

著者――冬原パトラ

発行者―松下大介
発行所―株式会社ホビージャパン
〒151-0053
東京都渋谷区代々木2-15-8
電話　03(5304)7604（編集）
03(5304)9112（営業）

印刷所――大日本印刷株式会社

装丁――木村デザイン・ラボ／株式会社エストール

定価はカバーに明記してあります。

Printed in Japan

ISBN978-4-7986-3027-4　C0076

ファンレター、作品のご感想お待ちしております
〒151－0053　東京都渋谷区代々木2－15－8
(株)ホビージャパン HJノベルス編集部 気付
冬原パトラ 先生／はましん 先生